# Annabel Pitcher

# Mi hermana vive sobre la repisa de la chimenea

Traducción del inglés de
Lola Diez

Nuevos Tiempos **Ediciones Siruela**

1.ª edición: marzo de 2011
2.ª edición: mayo de 2011

Todos los derechos reservados.
Cualquier forma de reproducción, distribución, comunicación
pública o transformación de esta obra sólo puede ser realizada
con la autorización de sus titulares, salvo excepción prevista por la ley.
Diríjase a CEDRO (Centro Español de Derechos Reprográficos,
www.cedro.org) si necesita fotocopiar o escanear algún fragmento
de esta obra.

En cubierta: *Doll House*, foto de © Ghiotti / Taxi / Getty Images
Título original: *My Sister Lives on the Mantelpiece*
Diseño gráfico: Gloria Gauger
© Annabel Pitcher, 2011
© De la traducción, Lola Diez
© Ediciones Siruela, S. A., 2011
c/ Almagro 25, ppal. dcha.
28010 Madrid. Tel.: + 34 91 355 57 20
Fax: + 34 91 355 22 01
siruela@siruela.com  www.siruela.com
ISBN: 978-84-9841-544-5
Depósito legal: M-21.744-2011
Impreso en Closas-Orcoyen
Printed and made in Spain

Papel 100% procedente de bosques bien gestionados

# Mi hermana vive sobre la repisa de la chimenea

A mis padres, que me han traído hasta aquí

# 1

Mi hermana Rose vive sobre la repisa de la chimenea. Bueno, al menos parte de ella. Tres de sus dedos, su codo derecho y su rótula están enterrados en una tumba en Londres. Mamá y papá tuvieron una discusión de las gordas cuando la policía encontró diez pedazos de su cuerpo. Mamá quería una tumba que pudiera visitar. Papá quería incinerarlos y esparcir las cenizas en el mar. En todo caso, eso es lo que me ha contado Jasmine. Ella se acuerda de más cosas que yo. Yo sólo tenía cinco años cuando ocurrió aquello. Jasmine tenía diez. Era la gemela de Rose. Y para mamá y papá, lo sigue siendo. Años después del funeral, seguían vistiendo a Jas igual: vestidos de flores, chaquetitas, zapatos de esos planos de hebilla que a Rose le encantaban. Yo creo que fue por eso por lo que mamá se largó con el tipo del grupo de apoyo hace setenta y un días. Cuando Jas, el día en que cumplía quince años, se cortó el pelo, se lo tiñó de rosa y se hizo un piercing en la nariz, dejó de parecerse a Rose, y mis padres con eso no pudieron.

Se quedaron con cinco pedazos cada uno. Mamá puso los suyos en un bonito ataúd, bajo una bonita lápida que dice *Mi ángel*. Papá incineró una clavícula, dos costillas, un fragmento del cráneo y un dedo pequeño del pie, y puso las cenizas en una urna dorada. Así que se salieron cada uno con la suya, pero sorpresa sorpresa, eso tampoco los hizo felices. Mamá dice que el cementerio es demasiado deprimente para ir de visita. Y en cada aniversario papá intenta esparcir las cenizas en el mar, pero siempre acaba cambiando de opinión en el último instante. Parece que algo ocurre justo cuando Rose está a punto de ser arrojada al agua. Un año, en Devon, había un montón de nubes de peces de esos plateados con pinta de no aguantarse de ganas de comerse a mi hermana. Y otro año, en Cornualles, cayó una caca de gaviota sobre la urna justo cuando papá estaba a punto de abrirla. Yo me eché a reír, pero Jas parecía triste, así que me callé.

Nos fuimos de Londres para alejarnos de todo aquello. Papá conocía a un tipo que conocía a otro tipo que le telefoneó por un trabajo en unas obras del Distrito de los Lagos. En Londres llevaba siglos sin trabajar. Hay recesión, y eso significa que no hay dinero en el país, así que no se construye casi nada. Cuando consiguió el trabajo en Ambleside, vendimos nuestro piso y alquilamos una casa de campo y nos marchamos dejando a mamá en Londres. Me aposté con Jas nada menos que cinco libras a que mamá iba a venir a decirnos adiós. No me obligó a pagárselas, pero perdí. En el coche Jas dijo *Vamos a jugar a Veo veo*, pero no fue capaz de averiguar una cosa que *Empieza por la R* aunque Roger estaba sentado en mi regazo, ronroneando como para darle una pista.

Qué distinto es aquí. Hay montañas enormes, tan altas como para pinchar a Dios en el pandero, y cientos de árboles, y silencio. *No hay gente* dije cuando encontramos la casa al final de un camino serpenteante, y yo iba mirando por la ventanilla en busca de alguien con quien jugar. *No hay musulmanes*, me corrigió papá, sonriendo por primera vez aquel día. Jas y yo nos bajamos del coche sin devolverle la sonrisa.

Nuestra casa es opuesta en todo a nuestro piso de Finsbury Park. Es blanca en lugar de marrón, grande en lugar de pequeña, vieja en lugar de nueva. La asignatura del colegio que más me gusta es Dibujo, y si pintara a las personas como edificios, la casa sería una abuelita loca que sonríe sin dientes y el piso sería un soldado muy serio todo repeinado y apretujado en una fila de hombres idénticos. Eso a mamá le encantaría. Ella es profesora en una academia de Bellas Artes y creo que si le enviara mis dibujos se los enseñaría hasta al último de sus alumnos.

Por más que mamá se haya quedado en Londres, yo estaba contento de que dejáramos aquel piso. Mi cuarto era enano pero no me permitían cambiarme al de Rose porque está muerta y sus cosas son sagradas. Ésa era la respuesta que me daban siempre que les preguntaba si podía cambiar de cuarto. *El cuarto de Rose es sagrado, James. No entres ahí, James. Es sagrado.* Yo no veo qué tienen de sagrado un montón de muñecas viejas, un edredón rosa maloliente y un oso de peluche calvo. No me parecieron tan sagrados el día que estuve saltando sobre la cama de Rose, al volver a casa del colegio. Jas me obligó a parar, pero prometió no decir nada.

Cuando salimos del coche, nos quedamos mirando nuestra nueva casa. El sol se estaba poniendo, las montañas tenían un brillo naranja y yo veía nuestro reflejo en una de las ventanas: papá, Jas y yo, con Roger en brazos. Por una milésima de segundo me sentí lleno de

13

esperanza, como si aquello fuera de verdad el principio de una vida completamente nueva y todo fuera a ir bien de ahí en adelante. Papá agarró una maleta y sacó la llave que llevaba en el bolsillo, y recorrió el camino del jardín. Jas me sonrió, acarició a Roger, y luego le siguió. Dejé el gato en el suelo. Se fue directo a meterse en un arbusto, abriéndose paso entre las hojas con la cola levantada. *Venga*, me llamó Jas, dándose la vuelta ante la puerta del porche. Me esperó con una mano extendida mientras yo corría a su lado. Entramos en la casa juntos.

Jas lo vio primero. Noté cómo se le ponía el brazo rígido. *Te apetece un té* dijo, con una voz demasiado aguda y los ojos fijos en algo que papá tenía en la mano; estaba agachado en el suelo del salón con ropa tirada por todas partes, como si hubiera vaciado la maleta deprisa y corriendo. *Dónde está la «kettle»* preguntó Jas, tratando de hacer como si nada. Papá no levantó los ojos de la urna. Escupió sobre ella y se puso a sacarle brillo al dorado con la punta de la manga hasta que la dejó resplandeciente. Luego puso a mi hermana sobre la repisa de la chimenea, que era de color crema y tenía polvo y era igualita que la del piso de Londres, y murmuró *Bienvenida a tu nueva casa, hijita*.

Jas se cogió el cuarto más grande. Tiene una vieja chimenea en una esquina y un armario empotrado en el que ha metido toda su ropa negra nueva. Ha colgado de las vigas del techo un móvil de campanillas, y si las soplas tintinean. Yo prefiero mi cuarto. La ventana da al jardín de atrás, que tiene un manzano que cruje y un estanque, y además está ese alféizar ancho de verdad en el que Jas colocó un cojín. La noche que llegamos nos pasamos horas ahí sentados, mirando las estrellas. En Londres no las había visto nunca. Entre los edificios y los coches había tanta luz que no se veía nada en el cielo. Aquí sí que se ven bien las estrellas, y Jas me estuvo hablando de las constelaciones. A ella le interesa el horóscopo y se lo lee todas las mañanas en internet; le dice exactamente lo que va a pasar ese día. Y *no te estropea la sorpresa* le pregunté en Londres una vez que Jas se hizo la enferma porque su horóscopo decía no sé qué de un suceso inesperado. *Ahí está la gracia* me respondió, volviéndose a la cama y tapándose hasta las orejas.

Jas es Géminis, el signo de los gemelos, y resulta extraño porque ya no tiene gemela. Yo soy Leo y mi símbolo es el león. Jas se puso de rodillas sobre el cojín y me lo señaló por la ventana. No parecía mucho un animal, pero Jas me dijo que siempre que tenga algún problema tengo que pensar en ese león de estrellas que está ahí arriba, y todo irá bien. Yo le iba a preguntar por qué me estaba diciendo aquello justo cuando papá nos había prometido Empezar Desde Cero, pero me acordé de la urna sobre la repisa de la chimenea y me dio demasiado miedo la respuesta. A la mañana siguiente encontré una botella de vodka vacía en el cubo de la basura y supe que la vida en el Distrito de los Lagos iba a ser exactamente igual que la vida en Londres.

Eso fue hace dos semanas. Después de la urna, papá sacó de la maleta el viejo álbum de fotos y algo más de ropa. Los tipos de la mudanza se ocuparon de las cosas grandes como las camas y el sofá, y Jas y yo nos ocupamos de todo lo demás. Las únicas cajas que no hemos abierto son esas enormes en las que pone SAGRADO. Están en el sótano, cubiertas con bolsas de plástico para que se mantengan secas si hay una inundación o lo que sea. Cuando cerramos la puerta del sótano, a Jas se le empañaron los ojos y se le pusieron húmedos. Dijo *A ti no te agobia*, y yo dije *No*, y ella dijo *Por qué no*, y yo dije *Rose está muerta*. Jas arrugó el gesto. *No digas esa palabra, Jamie.*

No entiendo por qué no. Muerta. Muerta. Muerta muerta muerta. Mamá lo que dice es *Se nos fue*. La frase de papá es *Está en un lugar mejor*. Él nunca va a la iglesia, así que no sé por qué lo dice. A menos que ese lugar mejor del que habla no sea el Cielo, sino el interior de un ataúd o una urna dorada.


En Londres, mi orientadora me dijo *Te niegas a admitirlo y sigues afectado por el shock*. Me dijo *Un día te vendrá de golpe y llorarás*. Parece ser que no he llorado desde el 9 de septiembre de hace casi cinco años, que fue cuando ocurrió lo de Rose. El año pasado, papá y mamá me mandaron a ver a esa señora gorda porque les parecía raro que yo no llorara por aquello. Me habría gustado preguntarles si ellos llorarían por alguien de quien no se acuerdan, pero me callé.

De eso es de lo que parece que nadie se da cuenta. Yo no me acuerdo de Rose. No del todo. Me acuerdo de dos niñas que jugaban a saltar las olas en vacaciones, pero no de dónde estábamos, ni de lo que dijo Rose, ni de si se lo estaba pasando bien o no. Y sé que mis hermanas fueron damas de honor en la boda de un vecino nuestro, pero la única imagen que me viene a la cabeza es la del tubo de Smarties que me dio mamá durante la misa. Ya entonces los que más me gustaban eran los rojos, y los apretaba en la mano hasta que me desteñían la piel de rosa. Pero no me acuerdo de cómo iba vestida Rose, ni de cómo desfilaba por el pasillo de la iglesia ni nada parecido. Después del funeral, cuando le pregunté a Jas dónde estaba Rose, me señaló la urna que había encima de la repisa de la chimenea. *Cómo puede caber una niña en un sitio tan pequeño* le dije, y eso la hizo llorar. O por lo menos eso es lo que ella me ha contado. Yo en realidad no me acuerdo.

Un día nos pusieron de deberes en el colegio que describiéramos a alguien especial, y me pasé quince minutos para escribir una página entera sobre Wayne Rooney. Mamá me hizo romperla y escribir en su lugar sobre Rose. Como yo no tenía nada que decir, se sentó enfrente de mí con la cara toda roja y sudorosa y me dijo exactamente lo que tenía que escribir. Sonrió entre las lágrimas y dijo *Cuando tú naciste, Rose señaló a tu pilila y preguntó si era un gusano* y yo dije *No pienso poner eso en mi cuaderno de Literatura*. A mamá se le borró la sonrisa. Las lágrimas le resbalaron de la nariz a la barbilla y me hicieron sentirme tan mal que lo escribí. A los pocos días, la profesora leyó mi redacción en clase, y me gané una estrella dorada de ella y las burlas de todos los demás. *Pichalarva*, me pusieron.

# 2

Mañana es mi cumpleaños, y una semana después empiezan las clases en mi nuevo colegio, la Escuela Primaria de la Iglesia de Inglaterra en Ambleside. Está a unas dos millas de nuestra casa, así que papá me va a tener que llevar en coche. Aquí no es como en Londres. No hay autobuses ni trenes por si está demasiado borracho para salir. Jas dice que ella irá conmigo andando si no conseguimos que nos lleven, porque su escuela está como una milla más allá. Dijo *Por lo menos nos vamos a quedar en los huesos* y yo me miré los brazos y dije *Para los chicos estar en los huesos no es bueno*. A Jas no le sobra un gramo, pero come como un ratón y se pasa horas leyendo lo que pone por detrás de los envases para ver las calorías. Hoy ha hecho una tarta para mi cumpleaños. Ha dicho que era una tarta sana, con margarina en lugar de mantequilla y casi sin azúcar, así que lo más probable es que sepa raro. Pero tiene buena pinta. Nos la vamos a comer mañana, y me dejan cortarla a mí porque es mi día.

He mirado antes en el buzón y no había nada más que un menú de la Casa del Kebab, que he escondido para ahorrarle a papá el disgusto. Ningún regalo de cumpleaños de mamá. Ni una tarjeta de felicitación. Pero todavía queda mañana. No se va a olvidar. Antes de que nos fuéramos de Londres, yo compré una tarjeta de *Nos mudamos de casa* y se la mandé a ella. Lo único que escribí dentro fue la dirección de la casa y mi nombre. No sabía qué más poner. Ella está viviendo en Hampstead con el tipo aquel del grupo de apoyo. Se llama Nigel, y yo lo conocí en uno de esos actos conmemorativos en el centro de Londres. Con la barba larga y en plan greñas. La nariz torcida. Fumando en pipa. Escribe libros sobre otros que han escrito libros, cosa a la que no le veo mucho sentido. Su mujer murió también el 9 de septiembre. Puede que mamá se case con él. Puede que tengan una niña y la llamen Rose y entonces se olviden del todo de mí y de Jas y de la primera mujer de Nigel. Me pregunto si de ella encontrarían algún pedazo. Igual él tiene una urna sobre la repisa de la chimenea y lo mismo le compra flores en su aniversario de boda. Eso a mamá no le haría ni pizca de gracia.

Roger acaba de entrar en mi cuarto. Le gusta enroscarse por la noche junto al radiador, al calorcito. Ese sitio a Roger le encanta. En Londres lo teníamos siempre dentro de casa por el tráfico. Aquí puede campar a sus anchas, y hay un montón de animales que cazar en el jardín. En nuestra tercera mañana encontré una cosa pequeña y gris y muerta en el umbral de la puerta. Creo que era un ratón. Como no me sentía capaz de cogerlo con los dedos busqué un trozo de papel, lo coloqué encima empujándolo con un palo y lo tiré a la basura. Pero luego me sentí como un canalla así que lo saqué de la basura y lo puse debajo del seto y lo cubrí con hierba. Roger soltó un maullido como si no se pudiera creer lo que yo estaba haciendo, con el trabajo que le había costado. Le dije que las cosas muertas me ponen enfermo y me frotó el cuerpo anaranjado por la espinilla para que yo supiera que me había entendido. Es verdad. Los cadáveres me ponen del revés. Está feo decirlo pero, si Rose tenía que morirse, me alegro de que la encontraran en pedazos. Habría sido mucho peor que estuviera debajo de la tierra, rígida y fría, con exactamente el mismo aspecto que la niña de las fotos.

Me imagino que mi familia fue feliz un día. En las fotos se ven un montón de sonrisas y de ojos achinados, todos fruncidos como si alguien acabara de contar un chiste buenísimo. En Londres, papá se pasaba horas contemplando esas fotos. Teníamos cientos, todas hechas antes del 9 de septiembre, y estaban todas revueltas en cinco cajas diferentes. Cuatro años después de que muriera Rose papá decidió ponerlas en orden, las más recientes primero y las más antiguas al final. Compró diez álbumes de esos pijos de cuero de verdad con letras doradas, y durante meses se pasó las tardes enteras sin hablar con nadie ni hacer otra cosa que beber y beber y pegar todas las fotos en el sitio que tocaba. Sólo que cuanto más bebía más le costaba pegarlas derechas y la mitad de ellas tenía que volver a colocarlas al día siguiente. Probablemente fue por eso por lo que mamá empezó a tener El Affaire. Ésa era una palabra que yo les había oído a los del East End y no habría esperado oírsela gritar a mi padre. Fue un flash. A mí no se me había ocurrido pensarlo, ni siquiera cuando mamá empezó a ir a las reuniones de apoyo dos veces a la semana, luego tres veces a la semana, luego cada vez que podía.

A veces, al despertarme, me olvido de que ella no está, y entonces me acuerdo y el corazón se me cae

Biblioteca Latinoamericana Branch
San Jose Public Library

Title: Mi hermana vive sobre la repisa de la
chimenea / Annabel Pitcher ; traduccin del ingls
de Lola Diez.
ID: 31197105352089
**Due: 08-05-13**

Total items: 1
7/15/2013 2:57 PM

For 24 hour services
Visit sjpl.org or
Call (408) 808-2665

Follow us!
Facebook .com/sanjoselibrary
Twitter.com/sanjoselibrary

Winner of the National Medal
for Museum & Library Service

como cuando se te escapa un escalón o tropiezas con un bordillo. Luego me vuelve todo de golpe y veo lo que pasó en el cumpleaños de Rose con mucha claridad, como si mi cerebro fuera uno de esos televisores de alta definición que mamá dijo que eran tirar el dinero cuando le pedí que comprara uno las Navidades pasadas.

Jas llegó a su fiesta una hora tarde. Mamá y papá estaban discutiendo. *Christine me dijo que no estabas con ella* decía papá cuando entré en la cocina. *La llamé para estar seguro.* Mamá se desplomó en una silla que había justo al lado de los sándwiches, lo cual me pareció bastante inteligente porque así podría ser la primera en elegir de qué lo quería. Los había de ternera y de pollo, y unos amarillos que yo esperaba que fueran de queso y no de mayonesa con huevo. Mamá llevaba un sombrero de fiesta, pero tenía la boca para abajo y parecía uno de esos payasos tristes que se ven en el circo. Papá abrió la puerta de la nevera, cogió una cerveza y cerró de un portazo. Había ya cuatro latas vacías encima de la mesa de la cocina. *Y entonces dónde narices estabas* dijo. Mamá abrió la boca para hablar pero justo entonces mis tripas hicieron un ruido muy fuerte. Ella pegó un brinco y los dos se volvieron hacia mí. *Puedo comerme un hojaldre de salchicha* pregunté.

Papá gruñó y agarró un plato grande. Aunque estaba enfadado, cortó con mucho cuidado un trozo de tarta y lo rodeó de hojaldres de salchicha y sándwiches y patatas fritas. Sirvió un vaso de granadina poniéndola bien cargada, exactamente como a mí me gusta. Cuando hubo terminado extendí las manos, pero pasó de largo ante mí en dirección a la repisa de la chimenea del salón. Yo me enfadé. Todo el mundo sabe que las hermanas muertas no tienen hambre. Justo cuando estaba pensando que mis tripas podrían comérseme vivo, la puerta de la calle se abrió de golpe. *Llegas tarde*, gritó papá, pero entonces mamá pegó un respingo. Jas sonrió nerviosa, con un diamante soltando destellos en su nariz y el pelo más rosa que el chicle. Yo le devolví la sonrisa pero entonces PAM se oyó una explosión, porque a papá se le había caído el plato al suelo, y mamá susurró *Pero hija, qué has hecho*.

Jas se puso roja como una amapola. Papá gritó algo sobre Rose y señaló a la urna, salpicando toda la moqueta de granadina. Mamá se quedó sentada sin moverse, con los ojos que se le iban llenando de lágrimas fijos en la cara de Jas. Yo me metí dos hojaldres de salchicha a presión en la boca y me escondí un bollo debajo de la camiseta.

*Vaya familia*, escupió papá, mirando a Jas y luego a mamá, con una tristeza en la cara que yo no entendí. Lo de Jas no era más que un peinado, y yo no podía imaginarme qué había hecho mal mamá. Roger estaba limpiando con la lengua la tarta de cumpleaños de la moqueta. Soltó un bufido cuando papá lo agarró por el pescuezo y lo lanzó hacia el recibidor. Jas salió muy enfadada y pegó un portazo al meterse en su cuarto. Yo me las apañé para comerme un sándwich y tres bollos más mientras papá limpiaba aquel desastre, recogiendo con manos temblorosas los restos de la merienda de cumpleaños de Rose. Mamá contemplaba la tarta de la moqueta. *Toda la culpa la tengo yo* murmuró. Yo negué con la cabeza. *Pero si lo ha tirado él, no tú*, le susurré, apuntando a las manchas de granadina.

Papá echó la comida en la basura con tanta fuerza que retumbó el cubo. Se puso a gritar otra vez. Ya empezaban a dolerme los oídos así que me escapé de la cocina al cuarto de Jas. Estaba sentada enfrente del espejo, jugueteando con su pelo rosa. Le di el bollo que me había escondido en la camiseta. *Te queda estupendo* le dije, y eso la hizo llorar. Las chicas son raras.

Después de la fiesta, mamá lo admitió todo. Jas y yo nos quedamos allí sentados en su cama, escuchando. Tampoco es que fuera muy difícil. Mamá lloraba. Papá gritaba. Jas tenía los ojos como dos grifos, pero yo los tenía secos. *AFFAIRE*, decía papá, una y otra vez, como si gritándolo las veces suficientes pudiera borrarlo. Mamá dijo *No lo entiendes* y papá dijo *Y supongo que Nigel sí* y mamá dijo *Pues mejor que tú. Hablamos. Me escucha. Me hace...* pero papá la interrumpió, maldiciendo a voces.

Se pasaron así un montón de tiempo. A mí se me durmió el pie izquierdo. Papá no paraba de hacer preguntas. Mamá lloraba más fuerte todavía. Él la llamó *Mentirosa* y dijo *Me has engañado* y *Esto ya es la guinda del puñetero pastel*, con lo que me dieron ganas de comerme otro bollo. Mamá intentó contestarle. Papá gritaba más que ella. *Es que no le has hecho ya suficiente daño a esta familia* rugió. El llanto paró de pronto. Mamá dijo algo que no pudimos oír. *Qué* dijo papá horrorizado. *Qué has dicho.*

Pasos en el pasillo. La voz de mamá otra vez, bajito, justo delante de la puerta de Jas. *Ya no puedo seguir con esto* repetía, y sonaba como si fuera muy vieja. Jas me agarró la mano. *Creo que es mejor que me vaya.* Los dedos me dolían de lo que Jas me los estaba apretando. *Mejor para quién* preguntó papá. *Mejor para todos* respondió mamá.

Entonces le tocó a papá llorar. Le suplicó a mamá que se quedara. Se disculpó. Se puso delante de la puer-

23

ta de la entrada bloqueándola pero mamá le dijo *Apártate de mi camino*. Papá le pidió otra oportunidad. Prometió esforzarse más, dejar lo de las fotos, conseguir un trabajo. Dijo *Ya he perdido a Rose y no podría soportar perderte a ti también* mientras mamá salía a la calle. Papá gritó *Te necesitamos* y mamá dijo *No tanto como yo a Nigel*. Y cuando se marchó, papá dio tal puñetazo en la pared que se rompió un dedo y tuvo que llevarlo vendado cuatro semanas y tres días.

# 3

El cartero no ha pasado. Son las diez y trece minutos y llevo ciento noventa y siete minutos teniendo una década. He oído un ruido en la puerta hace un segundo pero no era más que el lechero. En Londres teníamos que ir a buscar nosotros la leche. Siempre nos quedábamos sin, porque el supermercado estaba a un cuarto de hora en coche y papá se negaba a ir a la tienda de nuestra calle, que era de unos musulmanes. Yo me acostumbré a comerme los cereales solos pero mamá se quejaba si no podía tomarse un té.

Hasta el momento los regalos no han sido nada del otro mundo. Papá me ha regalado unas zapatillas de fútbol un número y medio más pequeñas que mi pie. Las llevo puestas ahora mismo y es como tener el dedo gordo cogido en una trampa para ratones. Al principio se ha pasado dos horas sonriendo cuando me las he puesto. Yo no quería decirle que me están pequeñas porque seguro que ha tirado el tíquet. He hecho como si me quedaran bien. De todas formas no suelo tener suerte con los equipos de fútbol así que tampoco tendré que ponérmelas mucho. En mi escuela de Londres lo intenté todos los años, pero nunca me cogieron, salvo una vez que el portero estaba enfermo y el señor Jackson me puso a mí a parar los goles. Le dije a papá que viniera y me alborotó el pelo como si estuviera orgulloso. Perdimos por trece a cero, pero sólo seis de los goles fueron por mi culpa. Empecé el partido hecho polvo porque papá no había venido, pero al final me pareció un alivio.

Rose me ha comprado un libro. Como siempre, su regalo estaba junto a la urna cuando entré en el salón. Me dieron unas ganas tremendas de echarme a reír al verlo ahí, y me imaginé que a la urna le salían brazos y piernas y cabeza y se iba a la tienda a comprar el regalo. Pero como papá me estaba mirando con su mirada seria rompí el papel y traté de que no se me notara la decepción al darme cuenta de que ya lo había leído. Leo un montón. En Londres solía ir a la biblioteca del colegio a la hora de comer. *Los libros son mejores amigos que las personas* decía el bibliotecario. A mí no me lo parece. Luke Branston fue mi amigo durante cuatro días cuando se enfadó con Dillon Sykes por romperle su regla del Arsenal. Se sentó conmigo en el comedor y jugamos a las Top Trumps en el patio y nadie me llamó *Pichalarva* durante casi una semana entera.

Jas me está esperando abajo. Vamos a ir al parque a jugar al fútbol dentro de un segundo. Le ha preguntado a papá si quiere venir también. *Vente, y así ves a Jamie probando sus zapatillas nuevas* le ha dicho, pero papá no ha hecho más que gruñir y encender la tele. Parecía que tenía resaca. Como era de esperar, he encontrado otra botella de vodka vacía en la basura cuando he ido a mirar. Jas me ha susurrado *Tampoco hace ninguna falta que venga* y luego ha gritado *Vámonos a jugar* como si fuera la cosa más emocionante del mundo.

Jas acaba de dar un grito por la escalera para ver si estoy ya preparado. Le he gritado *Casi* pero no me he movido del alféizar. Quiero esperar al cartero. Normalmente viene entre las diez y las once. No creo que mamá se vaya a olvidar. Los cumpleaños importantes es como si estuvieran escritos en el cerebro con esa tinta imborrable que los profesores a veces usan por error en la pizarra blanca. Pero puede que mamá haya cambiado ahora que vive con Nigel. A lo mejor Nigel también tiene niños y mamá ahora de lo que se acuerda es de sus cumpleaños.

Lo que está claro es que la abuela me va a regalar algo, aunque mamá no me regale nada. La abuela vive en Escocia, que es de donde es papá, y nunca se olvida de nada aunque tiene ochenta y un años. Me gustaría que pudiéramos verla más, porque es la única persona a quien papá le tiene miedo y yo creo que ella es la única que podría hacerle dejar de beber. Papá nunca nos lleva a verla, y ella es demasiado vieja para conducir, así que no puede venir a visitarnos. Yo creo que yo me parezco un montón a la abuela. Ella tiene el pelo de color zanahoria y pecas y yo tengo el pelo de color zanahoria y pecas, y ella es tan dura como yo. En el funeral de Rose, quitándome a mí, ella fue la única persona de toda la iglesia que no lloró. O por lo menos eso es lo que me ha contado Jas.


El parque está a una milla de distancia, y fuimos echando una carrera casi hasta allí. Yo sabía que Jas estaba intentando quemar calorías. A veces cuando estamos viendo la tele se pone a mover una pierna de arriba para abajo sin ningún motivo y todos los días después del colegio hace cientos de abdominales. Estaba muy graciosa con su abrigo largo oscuro y el pelo tan rosa, corriendo por delante de un montón de ovejas que la miraban y decían *Beee*. Yo seguía pendiente de ver al cartero porque ya eran casi las once y cuando salimos de casa todavía no había pasado.

Al llegar al parque había tres niñas en los columpios y se quedaron mirándonos cuando entramos. Nos pusieron cara de tan malas pulgas que yo me quedé parado junto a la entrada más rojo que una amapola. A Jas le dio igual. Corrió derecha hacia ellas y se subió en un columpio, de pie en el asiento con sus botas negras como el carbón. Las niñas la miraban como si fuera un alien, pero Jas se puso a columpiarse altísimo y fortísimo y sonreía al cielo como si nada en el mundo pudiera achantarla.

Lo de Jas es más bien la música así que me resultó fácil ganarle, siete a dos. Mi mejor tiro fue una volea con el pie izquierdo. Jas piensa que este año me van a coger en el equipo. Dice que mis zapatillas tienen magia y que con ellas voy a ser tan bueno como Wayne Rooney. Los dedos de los pies me hormigueaban como si de verdad tuvieran magia, y por un instante llegué a pensar que Jas tenía razón hasta que me di cuenta de que se me había cortado la circulación y se me estaban poniendo los pies morados. Jas dijo *No será que te están pequeñas las zapatillas* y yo dije *Qué va me están perfectas*.

De camino hacia casa yo iba todo emocionado. Jas seguía dale que te pego con lo de hacerse más piercings pero yo no podía pensar más que en el felpudo del recibidor de casa. Me lo imaginaba con un paquete encima. Un paquete gordo con una tarjeta de fútbol pegada con celo en el alegre papel de envolver. Nigel no la habría firmado pero mamá me habría puesto dentro un montón de besos.

Al empujar la puerta de la calle me di cuenta de que algo no iba bien. Se movió hacia dentro con toda facilidad. Al principio no me atrevía a mirar al suelo y me esforcé en pensar en lo que suele decir la abuela. *Las cosas buenas vienen siempre en paquetes pequeños.* Traté de imaginarme todos los regalos pequeños que podría haber mandado mamá y que tampoco estarían mal aunque no bloquearan la puerta. Pero a saber por qué la única cosa pequeña en la que lograba pensar era el ratón muerto de Roger y como me ponía enfermo paré.

Bajé la vista al felpudo. Había una tarjeta. Reconocí en el sobre los giros de la letra de la abuela. Aunque sabía perfectamente que debajo no había nada, tanteé igual la tarjeta con la punta del pie, no fuera a ser que mamá me hubiera mandado un regalo enano de verdad, como una chapa del Manchester United o una goma de borrar o algo.

Noté que Jas me estaba mirando. Levanté la vista hacia ella. Una vez vi a un perro corriendo hacia una carretera llena de coches y me quedé con la cabeza hundida hasta las orejas entre los hombros y las cejas arrugadas mientras esperaba el choque. Así estaba Jas mientras yo revisaba el felpudo. Me agaché rápidamente y abrí el sobre de la abuela, y me reí demasiado fuerte al ver las veinte libras que cayeron revoloteando hasta la moqueta. *Piensa en todas las cosas chulas que te puedes comprar con ese dinero* dijo Jas, y me alegré de que no me preguntara cuáles porque tenía en la garganta un nudo grande como el mundo.

Oímos en el salón el clac-psst de una lata que se abría, y Jas tosió para que no se notara tanto que papá estaba bebiendo el día de mi cumpleaños. *Vamos a tomar un poco de tarta* dijo, empujándome hacia la cocina. Como no había ninguna vela clavó un par de varitas de incienso de esas suyas en el bizcocho. Yo cerré muy fuerte los ojos y deseé que el regalo de mamá llegara pronto. Deseé que fuera el paquete más grande del mundo, tan grande que el cartero se deslomara al traerlo. Luego abrí los ojos y vi a Jas sonriéndome. Me sentí un poco egoísta así que añadí *Y por favor que Jas consiga hacerse un piercing en el ombligo* antes de coger aire con todas mis fuerzas. Había humo por todas partes pero fue imposible apagar las varitas de un soplido así que mis deseos no se van a cumplir.

Corté la tarta con todo el cuidado que pude porque no quería estropearla. Sabía a buñuelos de los del rosbif. *Está deliciosa* dije y Jas se rió. Ella sabía que estaba mintiendo. Gritó *Papá, quieres un poco* pero no hubo respuesta. Luego me dijo *No te sientes más viejo* y yo dije *No* porque nada ha cambiado. Por más que haya cumplido una década, sigo sintiéndome igual que cuando tenía nueve años. Soy el mismo que era en Londres. Jas es la misma. Y papá también. Todavía no ha aparecido por la obra, y eso que en estas dos semanas el tipo le ha dejado cinco mensajes en el contestador.

Jas mordisqueó una esquinita de un trozo enano de tarta y me preguntó si quería que me diera su regalo. Cuando abrimos la puerta de su cuarto las campanillas tintinearon. Me dijo *Está sin envolver* y me tendió una bolsa blanca de plástico. Dentro había un cuaderno de dibujo y unos lápices muy chulos, los más bonitos que he visto en mi vida. *Te dibujo a ti lo primero* le dije.

Sacó la lengua y se puso bizca. *Vale, pero me tienes que dibujar así.*

Después de comer vimos *Spiderman*. Es la película que más me gusta del mundo y la vimos sentados en su cuarto con las cortinas cerradas y envueltos en el edredón, aunque no era más que media tarde. Roger se me acurrucó en el regazo. En realidad es mi gato. Yo soy quien se ocupa de él. Antes era de Rose. Ella suplicó y suplicó que se lo compraran y cuando cumplió siete años, mamá accedió. Metió el gato en una caja y le pegó un asa encima y cuando Rose abrió el regalo dio un grito de alegría. Mamá me ha contado esa historia como un millón de veces. No sé si es que se le olvida que ya me la había contado o si es que le gusta volver a contarla, pero como eso la hace sonreír no digo nada y la dejo que termine. A mí me encantaría que mamá me mandara algún bicho por mi cumpleaños. Lo mejor sería una araña porque a lo mejor me picaba y así yo tendría poderes especiales como Spiderman.

Cuando bajé las escaleras después de la película, no quedaba casi tarta. En la bandeja había solamente un trozo, pero no era un triángulo bien cortadito como los míos. Estaba todo deshecho. Fui al salón y me encontré con papá roncando en el sofá con la papada llena de migas. En el suelo había tres latas de cerveza vacías y apoyada contra un cojín una botella de vodka. Seguro que estaba tan borracho que ni siquiera se había dado cuenta de que la tarta sabía raro. Ya me iba a volver para arriba cuando de pronto me fijé en mi hermana sobre la repisa de la chimenea. Junto a la urna había un pedazo de tarta y eso no sé por qué hizo que se me cruzaran de verdad los cables. Me dirigí hacia Rose y a pesar de que sé que está muerta y no oye una sola pala-

31

bra de lo que decimos, murmuré *Es mi cumpleaños, no el tuyo* y me metí el pedazo entero en la boca.

Dos días más tarde, yo estaba en el jardín de atrás dibujando un pez que había en el estanque y tratando de no escuchar si pasaba o no el cartero. Me había dicho a mí mismo una y otra vez que mi regalo no iba a llegar nunca, pero en cuanto oí pasos en el camino de casa, corrí adentro. Unas cuantas cartas cayeron sobre el felpudo. Nada de mamá. Pero entonces se oyeron unos golpecitos en la puerta y la abrí tan rápido que el cartero pegó un brinco. Dijo *Un paquete para James Matthews* y las manos me temblaron al coger el envoltorio. El cartero dijo *Firma aquí* con voz de aburrido, como si no entendiera que estaba ocurriendo algo increíble. Sintiéndome Wayne Rooney, estampé mi firma en plan garabato como si fuera un autógrafo. Entonces el cartero dio media vuelta y se marchó, lo cual fue un alivio. Por un instante temí que, si de verdad mis deseos se cumplían, estuviera deslomado.

Me llevé mi regalo arriba pero me pasé diez minutos sin abrirlo. La dirección estaba en mayúsculas muy bien hechas. Recorrí con el dedo las letras por el papel marrón y me imaginé a mamá escribiendo mi nombre con la letra más bonita posible. Entonces de pronto ya no pude seguir esperando ni un segundo más y rompí el papel de envolver, lo hice un gurruño y lo tiré al suelo. Dentro había una caja normal que no hacía pensar en nada. A Rose le gustaban las cajas, me lo dijo una vez papá, jugaba a que eran naves espaciales y castillos y túneles. Dijo que cuando era niña prefería las cajas a los regalos.

Pero como yo no soy Rose suspiré aliviado al ver que algo chocaba contra el cartón al sacudir la caja. Me notaba el corazón como uno de esos conejos que se ven por el campo a la luz de los faros del coche. Al principio se quedó como paralizado, demasiado asustado para moverse, pero luego se arrancó de golpe y se puso a dar saltos a toda velocidad. Dentro de la caja había una tela azul y roja. La volqué sobre la cama con una sonrisa de esas que se te cuelgan de las orejas como las hamacas de las palmeras. La tela era suave y por delante tenía bordada una araña grande y negra y amenazadora. Me puse la camiseta de Spiderman y me miré al espejo. Jamie Matthews había desaparecido. En su lugar había un superhéroe. En su lugar estaba Spiderman.

Si hubiera llevado puesta mi camiseta nueva en el parque, no me habría achantado ante aquellas niñas. Habría corrido detrás de Jas y me habría subido de un salto a un columpio, aterrizando con un solo pie como si tal cosa. Me habría columpiado más alto y más fuerte de lo que jamás se haya columpiado nadie y luego habría saltado del columpio y habría volado por los aires y esas niñas habrían dicho *Hala*. Entonces yo me habría reído a carcajadas en plan *JAJAJAJAJA* y lo más probable es que hubiera soltado alguna palabrota o algo. No me habría quedado a diez metros de distancia todo colorado y temblando como un cobarde.

La tarjeta era de un jugador de fútbol con el uniforme del Arsenal. Mamá debió de pensar que era del Manchester porque los dos van de rojo. Dentro había escrito *Para mi hombrecito en su décimo cumpleaños. Que lo pases muy bien, besos de mamá* y debajo tres cruces a modo de besos. Pensé que ya no podía ponerme más contento hasta que vi la posdata al final. *Es-*

*toy deseando verte muy pronto con tu camiseta puesta.*

Repetí esa frase una y otra vez y todavía me está dando vueltas por la cabeza, como un perro que se persigue la cola. Estoy sentado en el cojín junto a la ventana y Roger está ronroneando. Sabe que hoy ha sido un buen día. Las estrellas nunca habían estado tan brillantes y parecen cientos de velas sobre una tarta negra. Aunque pudiera apagarlas de un soplo, no podría desear nada más. Ha sido un día perfecto.

Me pregunto si mamá habrá reservado ya el billete de tren. O a lo mejor Nigel tiene coche y se lo presta, aunque no creo que a ella le apetezca venirse hasta aquí conduciendo por la autopista. No le gustan nada los atascos y en Londres va andando a todas partes. Pero de alguna manera tendrá que venir porque seguro que quiere verme antes de que empiecen las clases para decirme *Buena suerte* y *Pórtate bien* y todas esas cosas de las madres. Lo que es seguro es que quiere verme con mi camiseta nueva. No me la pienso quitar hasta que venga, por si acaso. Voy a dormir también con ella porque los superhéroes nunca bajan la guardia y porque es posible que ella llegue tarde si se retrasa el tren o hay atasco. Puede que no sea esta noche o mañana, ni pasado mañana, pero si mamá dice *Muy pronto* es que va a ser *Muy pronto*, y yo quiero estar preparado para cuando venga.

# 4

Mi profesora me hizo sentarme al lado de la única musulmana de la escuela. Dijo *Ésta es Sunya* y se me quedó mirando al ver que yo no me sentaba. Los ojos de la señora Farmer no son de ningún color. Son más pálidos que el gris. Parecen televisores mal sintonizados en los que todo se ve borroso. Tiene una verruga en la barbilla y del centro le salen dos pelos rizados. No le costaría mucho quitárselos. A lo mejor es que no sabe que los tiene. O a lo mejor a ella le gustan. *Hay algún problema* dijo la señora Farmer y toda la clase se volvió para mirarme. Yo quería gritar *Los musulmanes mataron a mi hermana* pero tampoco me pareció lo más adecuado antes de haber dicho *Hola* o *Me llamo Jamie* o *Tengo diez años.* Así que me senté justo al borde de la mesa y traté de no mirar hacia Sunya.

Papá se pondría como un loco si lo supiera. Él cree que lo mejor de habernos ido de Londres es que nos hemos alejado de los musulmanes. *En el Distrito de los Lagos no hay ni un extranjero de esos* dijo. *Nada más que británicos de verdad que se ocupan de sus propios asuntos.* En Finsbury Park los había a miles. Las mujeres llevaban por la cabeza esas telas que parecía que se habían disfrazado de fantasmas sin esperar a Halloween. Al final de la calle en la que estaba nuestro piso había una mezquita y los veíamos a todos ir a rezar. Yo tenía un montón de ganas de echarle un ojo por dentro, pero papá me dijo que ni se me ocurriera acercarme.

Mi nueva escuela es enana. Está rodeada de montañas y de árboles y por delante de la puerta principal pasa un arroyo de modo que cuando estás en el patio se oye un gluglú como cuando el agua se va por el desagüe. Mi escuela de Londres estaba en una calle importante y lo único que se oía, se veía y se olía era el tráfico.

Cuando hube sacado el estuche, la señora Farmer dijo *Bienvenido a nuestra escuela* y todo el mundo aplaudió. Dijo *Cómo te llamas* y yo dije *Jamie* y ella dijo *De dónde vienes* y alguien murmuró *Del país de los pringaos* pero yo dije *De Londres*. La señora Farmer dijo que a ella le encantaría ir de excursión a Londres pero que estaba demasiado lejos para ir en coche y de pronto se me encogió el estómago porque me pareció que mamá estaba a miles de millas de distancia. Dijo *Todavía no nos ha llegado de tu antigua escuela tu expediente, así que por qué no nos cuentas algo interesante de ti*. No se me ocurría absolutamente nada que decir. Así que la señora Farmer dijo *Cuántos hermanos sois* y tampoco fui capaz de responderle a eso porque no sabía si Rose contaba o no. Todo el mundo se echó a reír y la señora Farmer dijo *Chissst, niños* y luego me preguntó *Bueno, tienes algún animal*. Yo dije *Tengo un gato que se llama Roger*. La señora Farmer sonrió y dijo *Sí señor, Roger es un nombre precioso para un pato*.

Primero tuvimos que escribir dos páginas con el título de Mis Maravillosas Vacaciones de Verano poniendo especial cuidado en colocar bien en su sitio los puntos y las mayúsculas. Eso resultaba bastante fácil pero pensar en algo maravilloso que escribir ya era más difícil. Ver *Spiderman* y recibir el regalo de mamá y el de Jas eran las únicas cosas buenas que me habían ocurrido en todo el verano. Las escribí y me ocuparon casi una página entera porque hice una letra enorme. Luego me senté a contemplar mi cuaderno pensando que ojalá tuviera algo que escribir sobre helados o parques temáticos o la playa y el mar.

*Os quedan cinco minutos* dijo la señora Farmer sorbiendo su café y mirándose el reloj. *Todos deberíais ser capaces de escribir al menos dos páginas y alguno puede que hasta llegue a tres.* Un niño levantó la vista hacia ella. La señora Farmer le guiñó un ojo y el niño se hinchó como un pavo. Luego se inclinó tanto sobre el pupitre que casi lo tocaba con la nariz y se puso a escribir a toda velocidad, y las palabras salían volando a miles de su bolígrafo para describir sus maravillosas vacaciones.

*Os quedan tres minutos* dijo la señora Farmer. A mí el bolígrafo se me había quedado pegado en el principio de la segunda página y se me hizo un borrón de tinta porque me pasé siete minutos sin moverlo de ahí.

*Invéntatelo.* Esa palabra sonó en un susurro tan suave que creí que había sido mi imaginación. Miré a Sunya y los ojos le brillaban como charcos al sol. Los tenía de un marrón oscuro casi negro, y llevaba en la cabeza un velo blanco que se la cubría toda entera menos un pelo. Ese pelo flotaba muy cerca de su mejilla y era negro y liso y brillante como un hilo de regaliz. Ella era zurda y llevaba en la muñeca seis pulseras que hacían ruido al escribir. *Invéntatelo* dijo otra vez y luego me sonrió. Sus dientes resultaban muy blancos al lado de su piel morena.

Yo no sabía qué hacer. Los musulmanes habían matado a mi hermana pero yo no quería meterme en líos en mi primer día de clase. Puse cara de que el consejo de Sunya me parecía una chorrada pero justo entonces la señora Farmer gritó *Dos minutos para terminar*. Así que me puse a escribir todo lo deprisa que pude, inventándome montañas rusas rapidísimas y viajes a la playa y búsquedas de cangrejos por donde el agua se queda entre las rocas. Describí cómo se partía mamá de risa cuando las gaviotas intentaron comérsele el pescado con patatas fritas y cómo papá me había construido el castillo de arena más grande del mundo entero. Puse que era tan grande que cabía toda mi familia dentro pero eso sonaba a inventado así que lo taché. Dije que Jas se había quemado con el sol pero que Rose había cogido un buen moreno. Me detuve durante una milésima de segundo antes de escribir aquel final porque, aunque todo lo demás era mentira, aquello era la mentira más gorda de todas. Pero entonces la señora Farmer gritó *Quedan sesenta segundos* y mi bolígrafo corrió por la hoja y antes de que pudiera darme cuenta había escrito un párrafo entero sobre Rose.

La señora Farmer gritó *Se acabó el tiempo*. Dijo *A quién le apetece leernos a todos lo que ha escrito de sus vacaciones* y la mano de Sunya se disparó hacia arriba y sus pulseras hicieron un tintineo como el de las puertas de las tiendas. La señora Farmer la señaló a ella y luego al niño hinchado como un pavo y luego a otras dos niñas y luego a mí, aunque yo no había levantado la mano. Yo quería decirle *No gracias* pero las palabras se me quedaron pegadas a las amígdalas. Al ver que no me movía, me dijo *Venga James* con un tono de irritación que hizo que me pusiera de pie y me encaminara hacia la pizarra. Me pareció que los zapatos me pesaban más de lo normal y alguien señaló la mancha que llevaba en la camiseta de Spiderman. Los Chocopops dejan la leche chocolatosa y eso para beber está muy bien pero cuando se te cae encima es un desastre.

El primero que leyó su redacción fue el niño y siguió leyendo y leyendo y la señora Farmer dijo *Cuántas páginas has escrito, Daniel* y Daniel dijo *Tres y media* con los ojos casi saliéndosele de las órbitas y la cara reventándole de orgullo. Luego una niña que se llamaba Alexandra y una niña que se llamaba Maisie describieron sus vacaciones, que estaban llenas de fiestas y de cachorritos nuevos y de viajes a París. Luego le tocó el turno a Sunya.

Se aclaró la garganta. Los ojos se le estrecharon hasta quedarse en dos rayas brillantes. *Tenían que haber sido unas vacaciones maravillosas* dijo. Hizo una pausa teatral y paseó la mirada por la clase. Fuera se oyó un camión que pasaba retumbando. *En la página web el hotel parecía precioso. Estaba en un bonito bosque, sin ninguna otra casa en varias millas a la redonda. Un sitio perfecto para descansar, dijo mi madre. No podía haberse equivocado más.* Daniel puso cara de ya estamos con lo mismo de siempre. *La primera noche no pude dormir porque había tormenta. Oía un toc toc toc en mi ventana y pensé que no sería más que el viento que movía alguna rama. Pero tampoco paró cuando dejó de haber viento, así que salté de la cama y abrí las cortinas.* De pronto Sunya gritó con todas sus fuerzas y la señora Farmer estuvo a punto de caerse de la silla. Luego Sunya hablando todo lo rápido que podía dijo *En lugar de una rama vi que era la mano de un muerto dando golpes en la ventana y entonces apareció una cara sin dientes y con muy poco pelo y dijo Niña déjame entrar, déjame entrar. Así que...*

La señora Farmer se puso de pie con la mano sobre el pecho. *Muy entretenido como siempre, Sunya. Muchas gracias.* Sunya parecía molesta porque no la hubiera dejado seguir leyendo hasta el final. Entonces me tocó a mí. Lo largué lo más rápido que pude, farfullando cada vez que hablaba de Rose. Me sentía culpable por contarle a todo el mundo que la pobre había estado divirtiéndose en la playa cuando en realidad donde había estado era en una urna encima de la repisa de una chimenea. *Qué edad tienen tus hermanas* preguntó la señora Farmer. *Quince años* respondí. *Ah, es que son gemelas* dijo ella, como si eso fuera lo mejor del mundo. Yo asentí y ella dijo *Qué encanto.* La cara se me puso exactamente del color del rotulador fluorescente rosa. Sunya se me quedó mirando un rato demasiado largo. Yo sabía que se estaba preguntando qué parte de aquella historia sería inventada, y eso me puso tan nervioso que le sostuve la mirada. En lugar de sonrojarse, ella sonrió con su gran sonrisa blanca y me guiñó el ojo como si compartiéramos un secreto.

*Excelente* dijo la señora Farmer. *Ahora estáis todos un paso más cerca del Cielo.* Daniel asintió, aunque a mí aquello me pareció una tontería. Nuestras redacciones no estaban mal pero tampoco creo que fueran a impresionar al mismísimo Cristo. Pero entonces la señora Farmer se inclinó sobre su mesa y vi por primera vez el mural que tenían expuesto. Había quince nubecillas blancas subiendo en diagonal por la pared. En la esquina de arriba a la derecha estaba la palabra CIELO con letras recortadas en cartulina dorada. En la esquina de abajo a la izquierda había treinta ángeles, cada uno con un enorme par de alas plateadas. En el ala derecha de cada ángel estaba escrito el nombre de uno de la clase. Los ángeles parecerían bastante más benditos si no les hubieran clavado las chinchetas en la cabeza. Con su mano regordeta, la señora Farmer trasladó mi ángel hasta la primera nube. Luego hizo lo mismo con los ángeles de Alexandra y de Maisie, pero al ángel de Daniel lo hizo pasar volando por encima de la primera nube y lo posó en la nube número dos.

A la hora de comer intenté hacerme algún amigo. Aquí no quiero que me pase como en Londres. En mi antigua escuela todos me llamaban *Nenaza* porque me gusta dibujar, *Cerebrín* porque soy inteligente y *Bicho raro* porque me cuesta hablar con gente a quien no conozco. Esta mañana Jas me ha dicho *Es importante que te hagas amigos esta vez*, y su forma de decírmelo me ha hecho sentirme incómodo, como si ella supiera que en Londres me pasaba los recreos en la biblioteca en lugar de en el patio.

Me di una vuelta buscando alguien con quien pudiera hablar. Sunya era la única que estaba sola. Los demás de mi clase estaban todos sentados en la hierba en un grupo grande. Las niñas estaban haciendo cadenetas de margaritas y los niños le daban patadas a un balón. Yo tenía más ganas de jugar que de ninguna otra cosa en el mundo pero no me atrevía a preguntarles si podía jugar con ellos. En vez de eso, me tumbé allí cerca fingiendo que estaba tomando el sol con la esperanza de que alguno de los chicos viniera a llamarme. Cerré los ojos y escuché el gorgoteo del arroyo y las risas de los niños y los chillidos de las niñas cuando el balón les caía demasiado cerca.

Pensé que una nube debía de haber cubierto el sol

porque de pronto me quedé en sombra. Miré hacia arriba y lo único que vi fueron dos ojos brillantes y una piel morena y un pelo que se mecía suavemente con la brisa. Dije *Vete* y Sunya dijo *Qué amable* y se dejó caer a mi lado con una sonrisa de oreja a oreja. Le dije *Qué quieres* y ella dijo *Hablar un momentito con Spiderman* y entonces abrió la palma de la mano, sorprendentemente rosada, y en ella tenía un anillo hecho de Blue-Tack.

*Yo también lo soy* me susurró, echando una mirada alrededor para asegurarse de que nadie nos estaba oyendo. Habría preferido ignorarla pero me sentí intrigado así que dije *Que eres qué exactamente* y a continuación bostecé a propósito para hacer como que me daba igual la respuesta. *Como si no se notara* dijo ella, señalando el velo que le cubría la cabeza y los hombros. Me incorporé de un salto. Debía de haberme quedado con la boca abierta porque se me coló una mosca dentro y se me posó en la lengua. Me puse a toser y a escupir y Sunya se rió. *Somos lo mismo* dijo, y yo grité *De eso nada*. Daniel nos miró desde el grupo que estaba en la hierba. *Toma* sonrió ella, tendiéndome el anillo. Yo me arrastré hacia atrás de rodillas y sacudí la cabeza. Estaba claro que aquello debía ser algún tipo de tradición musulmana, aunque nadie nos había contado nada de ningún intercambio de anillos de Blue-Tack cuando estudiamos lo que era el Ramadán en el colegio. *Venga* dijo moviendo ante mí el dedo corazón de la mano derecha. Tenía alrededor una fina línea de Blue-Tack, con una pequeña piedra marrón pegada encima como un diamante. Dijo *La magia no funciona si no te lo pones tú también* y yo dije *A mi hermana se la cargó una bomba* y me puse de pie de un salto y salí corriendo.

Por suerte una señora gorda que se encargaba de

supervisar el comedor tocó el silbato así que seguí corriendo hasta la clase. Cuando me senté en mi silla, el cerebro me palpitaba contra los huesos del cráneo y necesitaba beber agua. Mis manos dejaban marcas de sudor sobre la mesa. Se oyeron risas en el pasillo cuando entró el grupo de los que estaban en la hierba. Cada uno de ellos llevaba una cadeneta de margaritas alrededor de la muñeca. Los chicos incluidos. Y aunque estaban ridículos, me dieron ganas de tener yo también una pulsera de flores. Sunya entró la última, sin nada en la muñeca igual que yo. Sonrió al verme y aleteó con los dedos delante de mi cara, luciendo el anillo de Blue-Tack en el dedo corazón.

Dimos un poco de Matemáticas y acabamos con Geografía. No miré a Sunya ni una vez. Me sentía confundido y disgustado, como si hubiera traicionado a papá. Por más que soy blanco de piel y tengo acento inglés y pienso que está mal cargarse a las hermanas de la gente, algo tenía que haber hecho para que Sunya estuviera tan convencida de que me interesaban las joyas musulmanas.

La profesora dijo *Recoged vuestras cosas* y me fui a guardar mi libro de Geografía en mi taquilla nueva. En la parte de delante pone James Matthews y al lado de mi nombre hay una foto de un león que me hizo pensar en el león de estrellas del cielo. Abrí mi taquilla y vi algo blanco y pequeño debajo de mi libro de Lengua. Pétalos. Levanté la vista y vi a Daniel que me sonreía. Asintió con la cabeza y señaló con el dedo, animándome a mirar mejor. Moví el libro de Lengua hacia un lado y el corazón me dio un vuelco. Una cadena de margaritas. Daniel levantó los pulgares. Yo le devolví el gesto con las manos temblorosas y de pronto no me aguantaba de ganas de llegar a casa para contarle a Jas cómo me había ido el día. A mi lado apareció Sunya, examinando la pulsera con un gesto extraño en la cara. Celos. La cogí con mucho cuidado, muriéndome por ponérmela en la muñeca, pero se me deshizo entre los dedos. Daniel se echó a reír. El corazón volvió a estrellárseme contra el pecho haciéndome un agujero negro por el que mi felicidad se derramó por todo el suelo de la clase. No era una pulsera. No había sido en ningún momento una pulsera: sólo un puñado de flores aplastadas. Y Sunya no estaba celosa. Estaba enfadada. Clavó en Daniel la mirada de sus ojos brillantes brillantes y todos los destellos se habían vuelto afilados como cristales rotos.

Daniel le dio unos golpecitos en el hombro a un niño que se llamaba Ryan. Le dijo algo al oído. Me miraron sonriendo y levantaron los pulgares. Soltaron unas risitas y salieron de la clase. Yo habría deseado que el león de estrellas del cielo cayera sobre ellos y les arrancara la cabeza de un mordisco.

*El anillo te protegerá* susurró de pronto Sunya y yo pegué un brinco de un millón de metros. En la clase no quedaba nadie más que nosotros. *Es parte de su magia.* Dije *Yo no necesito protección* y Sunya se rió. *Hasta Spiderman necesita un poco de ayuda de vez en cuando.* El sol entraba por la ventana y se reflejaba en el velo de Sunya, y por una milésima de segundo pensé en cosas puras como ángeles y halos y coberturas glaseadas. Pero entonces la imagen de la cara de papá se apoderó de mi mente y aplastó cualquier otro pensamiento. Me lo imaginaba perfectamente con los ojos entornados y los labios apretados diciendo *Los musulmanes han infectado este país igual que una enfermedad*, cosa que no es del todo cierta. No son contagiosos ni te llenan de

44

granos rojos como la varicela, y por lo que he podido comprobar no dan ni fiebre.

Di un paso hacia atrás y luego otro y me choqué con una silla porque no podía despegar los ojos de la cara de Sunya. Cuando llegué a la puerta, ella dijo *Pero es que no lo entiendes* y yo dije *No*. Entonces se quedó callada y yo me temí que ahí se había acabado la conversación. Suspiré como si ella fuera la persona más aburrida del mundo entero y le volví la espalda como para irme. Entonces dijo *Pues deberías entenderlo porque somos lo mismo*. Paré de andar y le hablé claro. *Yo no soy musulmán*. La risa de Sunya tintineó igual que sus pulseras. *No* dijo, *pero eres un superhéroe*. Me quedé patidifuso. Si ya tenía los ojos redondos como canicas se me pusieron como bolas de billar. Con su dedo moreno, señaló al velo que llevaba en la cabeza y que le bajaba por la espalda. *Spiderman, yo soy la Chica M*. Luego se acercó a mí y me tocó la mano, y antes de que yo pudiera apartarla ya se había ido. Con la boca seca y los ojos redondos como planetas contemplé a Sunya que corría por el pasillo, y por primera vez me di cuenta de que el velo que revoloteaba alrededor de su cuerpo era idéntico a la capa de un superhéroe.

# 5

Hoy hace cinco años que ocurrió. En la tele no hablan de otra cosa, un programa tras otro sobre el 9 de septiembre. Es viernes y no hemos podido ir al mar porque hay colegio. Creo que vamos a ir mañana. Papá no ha dicho nada pero le he visto mirar en internet Saint Bees, la playa que hay más cerca de aquí, y anoche estuvo acariciando la urna como para despedirse.

Lo más probable es que al final no se decida así que yo todavía no me pienso despedir. Me despediré si por fin logra desprenderse de las cenizas de Rose y esparcirlas en el mar. Hace dos años me hizo tocar la urna y decirle unas últimas palabras en voz baja y me sentí estúpido porque sabía que ella no podía oírme. Y todavía me sentí más estúpido al día siguiente cuando vi que había vuelto a aparecer sobre la repisa de la chimenea y que mi despedida no había servido de nada.

Jas no fue al colegio porque estaba demasiado triste. A veces me olvido de que Rose era su gemela y de que se pasaron diez años juntas, o diez años y nueve meses si se cuenta el embarazo. Me pregunto si estarían mirándose la una a la otra cuando estaban en la tripa de mamá. Apuesto a que Jas ya estaba curioseando. Siempre quiere enterarse de todo. El otro día la pillé en mi cuarto, revisando mi mochila. *Sólo quería ver si has hecho los deberes* dijo, que era lo que solía hacer mamá.

Tenían que estar a presión los dos bebés dentro de mamá. Puede que fuera por eso por lo que no se llevaban demasiado bien. Jas me dijo que Rose era una mandona y que siempre tenía que ser el centro de atención, que lloraba si no se salía con la suya. *Me alegro de que se muriera ella y no tú* le dije, sonriendo con amabilidad. Jas frunció el ceño. *Si tenía que morirse una de vosotras, me refiero.* Le tembló el labio de abajo. *Es que no te sientes ni un poquito bien sin ella* le pregunté, un poco picado. Era Jas la que había dicho que Rose era una pesada, no yo. *Imagínate a una sombra sin persona* me respondió. Me acordé de Peter Pan. Su sombra se lo pasaba mucho mejor en el dormitorio de Wendy cuando Peter no estaba. Habría querido explicarle eso a Jas pero se puso a llorar así que le pasé un clínex y encendí la tele.

Esta mañana, cuando estaba comiéndome mis Chocopops, Jas me preguntó si quería faltar yo también al cole. Le dije que no con la cabeza. *Estás seguro* me dijo, mirando su horóscopo en el ordenador portátil. *No hace falta que vayas si estás triste.* Cogí del aparador los sándwiches que ella me había preparado para comer. *Los viernes tenemos Dibujo y es mi asignatura preferida* le expliqué. *Y hoy nos toca a los de sexto ir al puesto de chucherías.* Corrí escaleras arriba a coger mis veinte libras de la abuela.

En la Asamblea la profesora rezó una oración por todas las familias afectadas por lo del 9 de septiembre y yo me sentí como si tuviera un foco apuntándome a la cabeza. En Londres odiaba el 9 de septiembre porque

47

en el cole todo el mundo sabía lo que había ocurrido. Nadie me dirigía la palabra durante el resto del año pero ese día todo el mundo quería ser mi amigo. Me decían *Tienes que echar mucho de menos a Rose* o *Me imagino cuánto echarás de menos a Rose*, y yo tenía que decir *Sí* y asentir con tristeza. Pero aquí como nadie sabe nada no tengo que fingir y espero que así sigan las cosas.

Cuando dijimos todos *Amén* levanté los ojos de la oración. Por una décima de segundo pensé que me había librado, pero entonces vi un par de ojos chispeantes. Sunya estaba sentada con las piernas cruzadas, la barbilla apoyada en la mano izquierda, y se mordisqueaba la punta del meñique y miraba hacia mí. De pronto me acordé de que le había dicho *A mi hermana se la cargó una bomba*, y por la forma en que Sunya me miraba me di cuenta de que ella también se acordaba.

No he vuelto a hablar con ella desde que descubrí que era una superheroína. Me gustaría preguntárselo todo de la Chica M pero cada vez que abro la boca pienso en papá y los labios se me cierran de golpe y no dejan salir mis palabras. Si él se enterara de que estoy pensando en hablar con una musulmana me echaría de casa, y yo no tendría adónde ir porque mamá se ha ido a vivir con Nigel. Han pasado dos semanas desde que me mandó el regalo y todavía no ha venido a vernos. La camiseta de Spiderman se me va ensuciando pero no me la puedo quitar porque eso sería como admitir que mamá no va a venir. Y además, ella no tiene la culpa de no poder moverse de Londres. La culpa la tiene el señor Walker. Es su jefe en la academia de Bellas Artes y es más malvado que la persona más malvada en la que soy capaz de pensar, que ahora mismo es el Duende Verde de Spiderman. Una vez no dejó que mamá fuera a la boda de unos amigos, aunque ella se lo pidió con una amabilidad que te mueres. Otra vez no la dejó faltar al trabajo para ir al funeral del señor Best. Mamá dijo que le daba igual perderse el funeral, pero que se había comprado un vestido negro en Next y que no iba a poder devolverlo porque Roger se había comido el tíquet.

En uno de los documentales de la tele salían unos señores contando que habían perdido a su nieta el 9 de septiembre y no lograron decir ni cuatro palabras antes de echarse a llorar. A papá y a mamá no paraban de llamarles por teléfono los periodistas del telediario. Ellos nunca concedían entrevistas. A mí no me habría importado que me sacaran en la tele y me hicieran preguntas, pero de aquel día no recuerdo nada más que una gran explosión y muchos llantos.

Yo creo que papá pensaba que mamá tenía la culpa y que por eso empezaron a odiarse. Ni siquiera hablaban nunca. A mí no me había parecido raro hasta que Luke Branston me invitó a su casa la vez que fuimos amigos durante cuatro días y sus padres se cogían de la mano y se reían y hablaban entre ellos. Mamá y papá sólo decían cosas prácticas como *Pásame la sal*, o *Le has puesto ya su comida a Roger* o *Quítate esos malditos zapatos, que acabo de limpiar la moqueta.*

Jas se acuerda de cómo era antes y por eso el silencio la pone triste. A mí me da igual porque nunca he conocido otra cosa. Unas Navidades discutimos a lo bestia por el Intelect y yo le di a ella con el tablero en la cabeza y ella intentó meterme las letras por el cogote. Mamá y papá ni siquiera nos dijeron que paráramos. Se quedaron ahí sentados en el salón, mirando cada uno para un lado cuando Jas les enseñó el chichón que tenía en el entrecejo. *Somos invisibles* dijo ella más tarde, mientras trataba de sacarme una Q por el cuello de la camisa. A mí me habría gustado que lo fuéramos. Si pudiera elegir un superpoder, la invisibilidad sería el primero de la lista, por encima incluso de volar. *Es como si nosotros también estuviéramos muertos* añadió Jas, encontrándome una T en la manga.

Cuando aquello ocurrió nosotros estábamos en la plaza de Trafalgar. Había sido idea de mamá que fuéramos. Papá prefería que hiciéramos un picnic en el parque pero mamá quería ver una exposición en el centro. A papá le encanta el campo porque se crió en las tierras altas de Escocia. No se fue a vivir a Londres hasta que conoció a mamá. *La vida fuera de la capital no es vida* dijo ella una vez, y yo me la imaginé sentada en una gran L de Londres.

Jas me contó que el día había empezado bien y hacía sol aunque también frío y te salía el aliento como el humo de un pitillo. Yo me había puesto a echar trozos de pan al suelo y me reía cuando venían palomas a intentar cogerlos. Jas y Rose las perseguían haciéndolas revolotear por el cielo y mamá se reía pero papá dijo *Parad ya eso, niñas.* Mamá dijo *Si no están haciendo nada malo* pero Jas volvió corriendo a donde estaba papá porque no le gustaba nada que por su culpa hubiera problemas. Rose no era tan buena. De hecho era bastante mala y según Jas se portaba fatal en el colegio, pero parece que de eso nadie se acuerda ahora que está muerta y es perfecta. Jas se agarró a la mano de papá mientras él gritaba *Rose, vuelve aquí* pero mamá sólo dijo *Ay, déjala un poco* y se reía mientras Rose daba vueltas y más vueltas mirando hacia arriba. Los pájaros revoloteaban en círculos y mamá gritaba *Gira más deprisa* y entonces se oyó una explosión y Rose salió volando por los aires.

Jas me ha contado que el mundo se puso negro de tanto humo como había y que a ella le empezaron a doler los oídos de lo fuerte que había sido la explosión. Pero aunque se le había reventado un tímpano oyó a papá gritando *Rose Rose Rose*.

Más tarde descubrieron que había sido un atentado terrorista. Las bombas estaban escondidas en quince papeleras en varias partes de Londres y las habían programado para que explotaran todas al mismo tiempo el 9 de septiembre. Tres de ellas no funcionaron así que sólo explotaron doce papeleras, pero eso fue suficiente para matar a sesenta y dos personas. Rose era la más joven de los que murieron. Nadie sabía quién lo había hecho hasta que un grupo de musulmanes escribió en internet no sé qué de que lo habían hecho en el nombre de Alá, que es como los musulmanes llaman a Dios y rima con una cosa que yo decía un montón cuando tenía siete años y medio y quería ser mago. *Voilà*.

En la tele lo ponían de una forma que parecía una película. Era una reconstrucción de los sucesos del 9 de septiembre. No hablaban de Rose porque papá y mamá no les habían dado permiso, pero era interesante ver lo que había ocurrido en las otras explosiones de otros puntos de la ciudad. Un hombre de los que habían muerto no tenía que estar en Londres. Su tren de la estación de Euston a la de Picadilly de Mánchester había sido cancelado por un fallo en el sistema de señales. En lugar de quedarse allí esperando a otro tren, él decidió darse una vuelta por Covent Garden. Le entró hambre así que se compró un sándwich y fue a tirar el papel a la basura y entonces murió. Si el sistema de señales no hubiera fallado, o si él no se hubiera comprado un sándwich, o incluso si se lo hubiera comido un par de segundos más despacio o un par de segundos más rápido, entonces puede que no se hubiera acercado a la papelera a tirar el papel en el preciso instante en que explotó la bomba. Y eso me hizo darme cuenta de una cosa. Si nosotros no hubiéramos estado en la plaza de Trafalgar, o si las palomas no existieran, o si Rose hubiera sido una niña obediente en lugar de una niña traviesa, entonces todavía estaría viva y mi familia sería feliz.

Eso me hizo sentirme raro así que cambié de canal. Lo único que ponían era anuncios. Jas se acercó con la espalda encorvada y dijo *Papá se ha quedado dormido* y parecía aliviada y yo me sentí mal. No la había ayudado nada. Lo único que había hecho era poner la tele a todo trapo para no tener que oír a papá vomitando en el cuarto de baño. Jas dijo *Mañana estará mejor*. Le pregunté *Quieres jugar a adivinar anuncios*, que es un juego que me inventé yo en el que hay que decir lo que están anunciando antes de que lo digan en la tele. Dijo que sí con la cabeza pero justo salió un anuncio que no habíamos visto nunca así que no pudimos jugar. En él se veía un gran teatro y un hombre que decía *El Mayor Concurso de Talentos de toda Gran Bretaña hace tus sueños realidad. Llama a este número y cambia tu vida* y pensé en lo agradable que sería coger el teléfono como un adulto y encargar una vida diferente como si fuera una pizza o algo así. Pediría un padre que no bebiera y una madre que no se hubiera largado, pero a Jas no la cambiaría en lo más mínimo.

*Mañana no te puedes poner eso* dijo Jas, señalando con la barbilla a mi camiseta. *Vamos a esparcir las ce-*

*nizas de Rose y papá quiere que vayamos de negro.* Yo grité *Chocopops* porque acababa de salir un anuncio de Kellogg's en la tele.

Debo de haber crecido desde que vinimos de Londres. Toda la ropa me queda pequeña. Llevo pantalones negros y un jersey negro por encima de la camiseta de Spiderman pero todavía se ve un poco el azul y el rojo por la parte del cuello. Jas cuando me ha visto ha levantado las cejas, pero papá no se ha dado ni cuenta. No miraba más que a la urna, la había puesto encima de la mesa de la cocina mientras desayunábamos. Parecía un salero enorme aunque no creo que Rose les diera muy buen sabor a las patatas fritas.

Tardamos dos horas en llegar a Saint Bees y fuimos oyendo la misma cinta de todos los aniversarios. Una y otra y otra vez. Play. Stop. Rewind. Play. Stop. Rewind. La cinta está toda rayada pero todavía se alcanza a oír a mamá tocando el piano y a mis hermanas cantando *El Valor para Volar.*

> Tu sonrisa hace que mi alma toque el cielo.
> Tu fuerza me da valor para volar.
> Subo como una cometa, atado y libre.
> Tu amor hace brotar lo mejor de mí.

Lo habían grabado por el cumpleaños de papá unos tres meses antes de que Rose muriera.

*Perfecto* dijo papá en la parte del solo de Rose, como si se sorprendiera. *Qué voz de ángel.* Cualquiera que tenga orejas puede oír que Jas canta mejor y se lo dije a ella cuando íbamos en el coche. No fue difícil. Íbamos los dos apretujados en el asiento de atrás. Rose iba en el asiento delantero. Papá hasta le puso el cinturón de seguridad a la urna pero se le olvidó decirme a mí que me pusiera el mío.

Salimos de la autopista y bajamos por una ladera y de golpe ahí estaba el mar, una línea de azul toda recta y resplandeciente como si alguien la hubiera dibujado con regla y rotulador de purpurina. La línea fue haciéndose cada vez más gorda a medida que nos íbamos acercando y papá debía de llevar el cinturón demasiado apretado porque empezó a tirar de él para despegárselo del pecho como si no le dejara respirar. Cuando nos metimos en el aparcamiento, papá empezó a darse tirones en el cuello de la camisa y se le saltó un botón y acertó en todo el centro del volante. Yo grité *Diana* pero nadie se rió. El tamborileo de los dedos de papá sobre el salpicadero sonaba como un caballo al galope.

Justo me estaba preguntando si no habría algún burro en la playa cuando Jas abrió la puerta del coche. Papá dio un brinco. Ella se acercó a la máquina de los tíquets y le metió unas monedas. Para cuando el tíquet apareció, papá estaba de pie en el aparcamiento, abrazando la urna contra su pecho. *Venga, rápido* me dijo y yo me desaté el cinturón de seguridad y trepé fuera del coche. Saint Bees olía a pescado con patatas fritas y a mí me rugía el estómago.

Fuimos andando por los guijarros y vi cinco buenas saltadoras. Las saltadoras son piedras planas que rebotan en el agua si las sabes lanzar bien. Jas me enseñó una vez cómo se hace. Me habría gustado recoger las saltadoras y ponerme a jugar pero tenía miedo de que papá se enfadara. Se resbaló en unas algas y la urna estuvo a punto de acabar en la playa, lo cual no habría estado bien. Las cenizas de Rose son tan finas como los granos de arena de modo que se habrían mezclado con ellos. Yo en realidad no debería saberlo, pero eché una mirada dentro de la urna cuando tenía ocho años. Eso sí que fue emocionante. Me había imaginado que las cenizas eran de todos los colores, de color carne las de la piel y blancas las de los huesos. No me esperaba que tuvieran un aspecto tan soso.

Hacía viento así que las olas rompían con fuerza en la playa y se deshacían en espuma, como la Coca-Cola cuando la agitas. Yo tenía ganas de quitarme los zapatos y mojarme los pies pero me dio la impresión de que no era el momento más indicado. Papá empezó a despedirse. Dijo las mismas cosas que había dicho el año pasado, y el anterior. Lo de que no la iba a olvidar nunca. Lo de que la iba a dejar libre. Por el rabillo del ojo vi una cosa naranja y verde que bajaba del cielo en picado. Levanté los ojos, deslumbrado por el sol, y vi una cometa que surcaba zumbando las nubes, convirtiendo todo aquel viento en algo bonito.

*Dile algo* dijo Jas y yo bajé la cabeza. Papá me estaba mirando fijamente. A saber cuánto tiempo llevaba esperando a que yo hablara. Apoyé la mano sobre la urna y me puse todo serio y dije *Adiós Rose* y *Has sido una buena hermana*, cosa que es mentira, y *Te voy a echar de menos*, cosa que es más mentira todavía. No me aguantaba de ganas de que nos deshiciéramos de ella.

Papá llegó a abrir la urna. De todos los aniversarios de los que me acuerdo, en ninguno habíamos llegado tan lejos. Jas tragó saliva con dificultad. Yo paré de respirar. Todo desapareció excepto las manos de papá, las cenizas de Rose y la forma perfecta de un diamante que cruzaba el cielo como una flecha. Me fijé en que papá tenía un corte profundo en el dedo corazón, y me pregunté cómo se lo habría hecho y si le dolería. Intentó meter los dedos por la boca de la urna pero los tenía demasiado gordos. Parpadeó unas cuantas veces y apretó la mandíbula. Extendió la palma de una mano temblorosa. La tenía toda reseca, como la mano de un viejo. Inclinó la urna, pero luego se echó atrás. La inclinó una segunda vez, un poco más que la anterior. La boca de la urna le tocaba casi la mano. Cayeron de ella unas pocas motas grises. Volvió a enderezar de golpe la urna, respirando con dificultad. Me quedé mirando a las cenizas de su mano, preguntándome qué parte de Rose serían. El cráneo. El dedo del pie. Una costilla. Podrían haber sido cualquier cosa. Papá las acarició con el dedo gordo, susurrándoles cosas que yo no alcanzaba a oír.

Los dedos de papá se cerraron sobre las cenizas. Las apretó tanto que los nudillos se le pusieron blancos. Levantó los ojos al cielo. Bajó los ojos a la playa. Se volvió hacia mí y luego se quedó mirando a Jas. Era como si estuviera esperando que alguien le gritara *NO LO HAGAS* pero nosotros permanecimos callados. Creí que iba a abrir la mano y dejar que la brisa se llevara las cenizas, pero lo que hizo fue pasarle la urna a Jas y dar un paso hacia delante. El mar se arremolinaba alrededor de sus zapatos. Noté que las mejillas se me ponían rojas. Papá parecía un loco. Hasta Jas carraspeó como si estuviera avergonzada. Una ola vino a romper contra sus pantorrillas, empapándole los vaqueros. Dio otro paso hacia delante. El agua salada burbujeaba alrededor de sus rodillas. Muy poco a poco levantó el brazo tendiendo el puño hacia lo alto. En algún lugar por detrás de nosotros una niña daba grititos al ver cómo planeaba la cometa.

Justo cuando papá abría la mano, se levantó una ráfaga fuerte de viento. Se llevó por delante la cometa del cielo y le sopló a papá la ceniza en la cara. Mientras papá estornudaba a Rose, la niña se puso a chillar y un hombre con un acento muy fuerte gritó *Está bajando*. Papá se volvió bruscamente a mirar hacia la playa. Seguí su mirada y vi una gran mano morena que trataba de controlar la cuerda de la cometa.

Papá soltó un sonoro taco, sacudiendo la cabeza. La cometa cayó al suelo y el hombre se rió. Rodeó con el brazo a la niña y ella se rió también. Papá fue chapoteando por la playa a cogerle la urna a Jas. Ella ya había vuelto a ponerle la tapa, pero él la apretó más fuerte aún, mirando al hombre como si aquel viento fuera culpa suya.

*Estás bien* murmuró Jas. Papá tenía los ojos llenos de lágrimas y me recordaron a esas gotas que te dan en la farmacia cuando tienes una infección o la fiebre del heno o no has comido suficientes zanahorias.

*Quieres que yo... O sea, puedo hacerlo yo, si prefieres. Puedo esparcir yo las...*

Pero antes de que Jas pudiera terminar, papá dio media vuelta y se fue. Sin una palabra, se encaminó de vuelta al coche agarrando bien la urna con la mano izquierda. Yo cogí a toda velocidad una saltadora y la lancé al mar. Rebotó cinco veces, lo cual para mí era un récord sin precedentes.

# 6

La señora Farmer se sentó en su silla el lunes por la mañana. Leyó en alto los anuncios del tablón. Había uno de un club de jardinería y uno de flauta dulce y uno del equipo de fútbol. Volví la oreja cuando la oí decir *El Director hará las pruebas el miércoles a las tres de la tarde. Presentaos en el campo del colegio con vuestras zapatillas de fútbol.* Luego pasó lista. Todo el mundo dijo *Sí señora* menos Daniel que dijo *Sí señora Farmer.* Me sorprendió que no le hiciera una reverencia. Su ángel está ya en la quinta nube. El ángel de Sunya está en la cuarta y casi todos los demás están en la tercera. El mío es el único que sigue en la primera nube.

*Qué habéis hecho este fin de semana* preguntó la señora Farmer y todo el mundo se puso a gritar al mismo tiempo. Yo me quedé callado. *Uno por uno* dijo la señora Farmer, señalando hacia mí. *Primero Jamie. Qué cosas divertidas has estado haciendo.* Pensé en el mar, y pensé en las cenizas, y pensé en las velas que encendió papá alrededor de Rose cuando la tuvo otra vez sobre la repisa de la chimenea. Mi fin de semana era demasiado difícil de contar. *Puedo ir al cuarto de baño* pregunté. La señora Farmer suspiró. *Acaba de empezar la clase* me respondió, y como eso no era ni un sí ni un no me quedé sin saber qué hacer. Me levanté a medias y luego volví a sentarme. *Cuéntame lo que has hecho el fin de semana* insistió ella, como si quisiera ponérmelo difícil a propósito.

Con un tintineo metálico y un remolino de aire la mano de Sunya se disparó hacia el techo. *Por favor, señora Farmer, se lo puedo contar yo* preguntó. Sin esperar respuesta, Sunya dijo *He conocido a las hermanas de Jamie*. Por poco se me cae la mandíbula encima de la mesa. *Ah, las gemelas* sonrió la señora Farmer, inclinándose hacia delante en su silla. Sunya asintió con la cabeza. *Son muy simpáticas* dijo. *Las dos.* La señora Farmer clavó en mí sus ojos sin color y dijo *Te importa recordarme los nombres.* Me aclaré la garganta. *Jas* dije, y luego dudé. *Y Rose* añadió Sunya. *Fuimos todos juntos a la playa y tomamos helados y chocolate y recogimos conchas y encontramos sirenas y nos enseñaron cómo respirar debajo del agua.* La señora Farmer pestañeó. *Qué encanto* dijo antes de empezar con la lección.

*Eres un friki* me dijo Daniel en el recreo y todo el mundo se rió. Yo estaba sentado en la hierba solo, mirándome los zapatos como si fueran la cosa más interesante del mundo. *Y tu novia también es una friki.* Otra vez se carcajearon todos. Sonaba como si fueran cientos y yo no me atrevía a volverme a mirar. Me desaté un cordón por hacer algo. *Eres un bicho raro* me gritó. *Conque encontrando sirenas y encima con esa camiseta maloliente que llevas.* Intenté volver a hacerme el lazo pero me temblaban los dedos. Me clavé los dientes en la rodilla y el dolor me hizo sentirme mejor.

*Pues a mí esa camiseta me gusta* gritó alguien y a mí se me paró el corazón. Sunya estaba sin aliento, como si acabara de correr varias millas para venir a rescatarme. Ese pensamiento me hizo feliz y al mismo tiempo me dio rabia. *Menudo gallina estás hecho* continuó Daniel, y todo el mundo dijo cosas como *Eso* y *Si será gay el tío.* Daniel esperó a que se callaran. *Mira que dejar que te defienda una niña en lugar de enfrentarte conmigo como un hombre.* Aquello me sonó tan estúpido que me habría reído si no llega a ser por el miedo a que me partieran la cara. *Los hombres no llevan pulseras de margaritas* gritó Sunya y la multitud soltó un *Ooooh.* A Daniel no se le ocurría nada que responder. Miró a su alrededor. Sunya tenía las manos apoyadas en las caderas y la tela de su cabeza ondeaba al viento. La Chica M.

*Lo que tú digas* suspiró al fin Daniel, poniendo voz de aburrido, pero estaba tan pálido como su propio pelo de color ratón y sabía que estaba derrotado. Y sabía que yo lo sabía y me miró con tanto odio que me dieron escalofríos. *Vamos a dejar solos a estos pringaos.* Y se alejó, riéndose demasiado alto de un chiste que hizo Ryan. Y allí nos quedamos Sunya y yo con un silencio tan grande que me dio la impresión de que estábamos dentro de un televisor y alguien le había quitado el sonido.

Quería haberle dicho *Qué valiente eres* y haberle dicho *Gracias.* Sobre todo me habría gustado preguntarle si todavía tenía mi anillo de Blue-Tack, pero se me atascaron las palabras en la garganta como aquel hueso de pollo que me tragué cuando tenía seis años. A Sunya no pareció importarle. Me sonrió y sus ojos centellearon y señaló con el dedo a la tela que llevaba en la cabeza y salió corriendo.

Por primera vez desde que mamá se marchó me he alegrado de que ya no viva con nosotros. El Director del colegio va a llamar por teléfono esta noche. Ha dicho *En la Escuela de Ambleside no vamos a tolerar a ladrones.* Y la señora Farmer ha quitado mi ángel de la nube número uno y lo ha vuelto a poner en la esquina de abajo a la izquierda.

Ha sido después de la hora de comer. Daniel y Ryan se han quejado de que les habían robado los relojes. Entonces Alexandra y Maisie han dicho que ellas tampoco encontraban sus pendientes. Yo al principio no le he dado demasiada importancia. En Londres desaparecían cosas todo el rato. Tampoco era para morirse. Pero aquí ha sido como la cosa más seria y más tremenda que ha ocurrido nunca. Todo el mundo se ha llevado las manos a la cabeza. La señora Farmer se ha puesto de pie de un salto. Tenía los pelos de la verruga firmes como los soldados de las películas de guerra.

Nos ha hecho vaciar a todos nuestras cajoneras. Nos ha hecho vaciarnos los bolsillos. Nos ha hecho a todos volcar el contenido de nuestras bolsas de deportes en la alfombra. Las joyas que no encontraban han salido de la mía. Sunya ha soltado un taco en voz tan alta que la han echado de clase. A mí me han mandado al despacho del Director.

*Dios siempre nos está mirando* me ha dicho la señora Farmer cuando atravesábamos la biblioteca de camino al despacho del Director. *Hasta cuando nos creemos que estamos solos, Él puede ver lo que estamos haciendo.* Pensé en cuando uno va al cuarto de baño y deseé que aquello no fuera cierto. La señora Farmer se detuvo delante de la sección de «no ficción» y se volvió para mirarme. Seguía pestañeando y le olía el aliento a café. *Estoy muy decepcionada contigo, James Matthews* dijo, agitando un dedo regordete delante de mi cara. *Decepcionada y consternada. Te hemos dado la bienvenida en nuestra escuela, en nuestra comunidad, y por más que este tipo de cosas ocurran en Londres, aquí...* Di una patada en el suelo y las estanterías se tambalearon y *La electricidad al alcance de la mano* cayó sobre la alfombra. *No lo he hecho yo* grité. *Yo no he sido.* La señora Farmer se tapó la boca con las dos manos. *Eso lo vamos a ver.*

Si yo fuera un ladrón, no sería tan estúpido como para guardarme las cosas robadas en la bolsa de deportes. Lo que haría es metérmelas en los calzoncillos y llevármelas a casa. Intenté explicárselo al Director pero no me quedó bien y sonó como si yo fuera un depravado.

Sunya me esperaba a la salida del colegio. Estaba sentada a la puerta del despacho del Director. Me dijo *Daniel te la ha jugado* y yo dije *Ya lo sé.* De pronto me sentí irritado. Si ella no hubiera puesto en ridículo a Daniel, él no me habría metido el reloj en la bolsa de deportes y yo no tendría aquel problema. Sunya intentó decir algo agradable pero yo le grité *Déjame en paz, quieres* y salí corriendo, por más que haya un cartel que dice *Prohibido correr en los pasillos de la escuela.*

No paré de correr hasta llegar a casa porque tenía miedo de que el Director llamara por teléfono antes de que yo hubiera llegado. Para cuando abrí la puerta de la calle llevaba todo el flequillo pegado a la frente. Contuve el aliento como en la Noche de las Hogueras cuando hay un cohete a punto de hacer PAM. Pero lo único que llegó a mis oídos fue un ronquido y sentí un alivio tan grande que se me aflojaron las rodillas.

Si papá se ha pasado el día entero bebiendo seguirá durmiendo toda la tarde como un tronco y podré coger yo el teléfono. Y así podré fingir que soy él y nunca sabrá que el Director de mi nueva escuela piensa que soy un ladrón. Le diré con voz profunda *Mi hijo es totalmente digno de confianza. Tiene usted que haberse dado cuenta de que le han tendido una trampa*, y el Director dirá *Cuánto lo siento*, y yo diré *No se preocupe, no ha sido para tanto*, y el Director dirá *Si hay algo que yo pueda hacer*, y yo le diré *Seleccione usted el miércoles a James para el equipo de fútbol, y asunto olvidado.*


Jas llegó a casa y me encontró apoyado en la pared de la cocina junto al teléfono. Intenté que pareciera natural, como si fuera comodísimo estar allí con la cabeza pegada al duro muro, pero no se lo tragó. *Qué pasa aquí* me preguntó y yo se lo solté todo. Frunció el ceño cuando le conté lo de Daniel, pero se rió cuando le dije que yo había gritado *Los hombres no llevan pulseras de margaritas.* Me gustaba que estuviera orgullosa de mí, por más que aquello fuera mentira.

El Dire no tenía ni idea de que estaba hablando con mi hermana de quince años en lugar de con mi madre. Por teléfono parecía una adulta. Le dijo que si no tenía un testigo que me hubiera visto meter aquellas cosas en mi bolsa de deportes, no sería justo que me castigara. Oí cómo tartamudeaba el Director. Jas añadió que a menos que estuviera seguro al cien por cien de que aquello no era una trampa que me estaba tendiendo algún otro miembro de la clase, sería un error sancionarme. El Director ni siquiera respondió. Ella le dijo *Le agradezco que me haya informado sobre este asunto pero tengo la seguridad de que James es inocente* y entonces el Director dijo *Gracias por su atención, señora Matthews* y ella le dijo *Adiós* y colgó. Nos echamos a reír los dos y no podíamos parar y luego cenamos. Comimos delante de la tele bolitas de pollo y patatas fritas hechas en el microondas. Jas no se comió lo suyo así que a mí me tocó el doble. Dijo *No vas a poder con todo eso* pero yo no le hice caso. Soy capaz de comer más que ninguna otra persona que yo conozca, y en esos sitios donde hacen bufé libre de pizza soy capaz de zamparme trece porciones, o quince quitándoles el borde. Jas me dijo *Eres un cerdo* pero yo le dije *Chisst*. Acababa de salir otra vez aquel anuncio del Mayor Concurso de Talentos de Gran Bretaña y me estaba haciendo pensar.

# 7

El motor se detuvo justo delante de nuestra casa y entonces supe que en aquel coche venía mamá. Lo había oído llegar por la carretera pero me esforcé en quedarme en la cama. Ya había corrido a la ventana demasiadas veces para ver a mamá convertirse en el lechero con sus botellas, o en un granjero con su tractor, o en un vecino que volvía a casa del trabajo. No habría podido soportar que me volviera a ocurrir. Pero esta vez el coche no pasó de largo zumbando. Esta vez el coche se metió en el camino de nuestro jardín. El señor Walker debía de haberle dado por fin algún día libre. Salté de la cama y me alisé la camiseta y me escupí en las manos y me las pasé por el pelo. Aunque a mamá no le gusta nada conducir, habría sido capaz de recorrer mil millas de noche por la autopista porque no aguantaba ya sin verme.

Corrí hacia la puerta y Roger me siguió por todo el cuarto. Estaba a punto de apretar el picaporte cuando oí un crujido en el suelo. Jas cruzó de puntillas el rellano, soltando risitas por el teléfono móvil. Dijo *No me puedo creer que estés aquí*. Esperé a que llamara a mi puerta para decirle *Mamá acaba de aparcar ahí fuera,* pero pasó de largo por delante de mi cuarto y desapareció escaleras abajo.

Bajé tras ella. Roger se me seguía enroscando en los tobillos, emocionado de verme fuera de la cama a esas horas de la noche. Como no me dejaba andar lo cogí en brazos y se puso a ronronear. Lo sujeté contra mi pecho y seguí a Jas sin hacer ruido. No me di cuenta de que estaba conteniendo la respiración hasta que llegué abajo del todo de la escalera y me empezaron a doler los pulmones. Vi a Jas en el porche, una silueta contra el cristal. Estaba abrazada a mamá, que hundía la cara en su hombro.

La abuela dice que la gente se pone verde de envidia. A mí no me lo parece. El verde es la calma. El verde es la salud. El verde es limpio y fresco, como la pasta de dientes de menta. La envidia es roja. Hace que te hierva la sangre y que sientas fuego en el estómago.

Me arrastré hasta el buzón de la puerta. Roger empezó a retorcerse así que lo dejé en el suelo y salió corriendo por el recibidor. Jas y mamá se pusieron a menearse como si estuvieran en la discoteca bailando el último baile con una música que yo no oía. Con la tapa del buzón abierta entraba por el agujero un soplo de aire frío. Me llegó un olor a humo. La pipa de Nigel.

*No me puedo creer que estés aquí* suspiró Jas. *Esto sí que es toda una sorpresa.* Se oyó el sonido de un beso y me imaginé a mamá posando los labios en la mejilla de Jas. A través de la ranura del buzón por más que me esforzaba en mirar lo único que veía era una persona con un abrigo. Tuve que contenerme para no sacar la mano y agarrarme a aquella tela negra. Tenía miedo de que mamá desapareciera otra vez. *No puedes quedarte mucho tiempo* se rió Jas. *Como se entere papá me mata*. Volvió a oírse un beso. *Te tienes que ir ya* dijo. Yo esperé a que mamá dijera *Pero antes voy a subir a ver a Jamie*. No lo dijo. Me incliné hacia delante y escuché con más atención, sintiendo frío por todo el cuerpo. Jas pensaba mantener a mamá en secreto. *Tienes que irte ya* se lamentó Jas y yo de pronto me puse de pie. Mamá no se podía ir sin haberme visto la camiseta. Se me puso la sangre como una de esas bandas que desfilan, tocando los tambores en mi corazón y en mi cabeza y en ese punto blando del cuello que hace BUM BUM BUM. La espalda de Jas se apretó contra la puerta del porche. Dijo *Ay cariño*, que no era la forma más normal de llamar a mamá, pero no tuve tiempo de preocuparme de eso porque mi mano había saltado como un resorte y estaba abriendo el picaporte.

Jas se cayó hacia atrás sobre la moqueta del recibidor y yo abrí la boca para decir *Traidora*. Pero no me salieron las palabras porque esta vez mamá no era un granjero, ni el lechero, ni un vecino que volvía del trabajo. Era un chico con el pelo de punta verde, un piercing en el labio y una chupa de cuero negra. Cerré la boca. Luego volví a abrirla y a cerrarla otra vez y el chico dijo *Pareces un pez*. Y yo le respondí *Pues más vale un pez que un erizo verde*, que debe de ser una de las cosas más graciosas que he dicho en toda mi vida. El chico soltó una carcajada y sus *jajajás* olían a humo. *Yo soy Leo* dijo, tendiéndome la mano como si yo fuera alguien importante. Le di la mía tratando de aparentar que sabía cómo se hacía. *Yo soy Jamie* le respondí. No sabía cuándo tenía que parar pero él me soltó la mano y me la volví a guardar. Sentí una sensación especial en los dedos.

Jas contemplaba todo esto desde la moqueta del recibidor. Sonreí, feliz de que no fuera una traidora. *Enano cotilla. Conque espiándonos* me dijo. Tenía unos ojos enormes cuando no los llevaba embadurnados de maquillaje negro. No paraba de mirar hacia la escalera, con miedo de que bajara papá, por más que los dos sabíamos que había caído inconsciente en la cama.

Leo ayudó a Jas a levantarse. Era alto y fuerte y perfecto. Le sacaba más de una cabeza a Jas y le pasó la mano por los hombros. *Ni una palabra a papá* murmuró ella, acercando su cuerpo al de él. Yo me sentí un poco incómodo hasta que Roger vino a frotarse contra mi pierna. Lo cogí en brazos y lo abracé.

Empezaron a besarse. Me quedé mirándolos durante unos quince segundos pero entonces me acordé de que la abuela decía *Es de mala educación quedarse mirando*. Así que salí de allí como si no tuviera nada de especial ver a mi hermana besuqueándose con su novio en el recibidor de casa a las doce y doce minutos de la noche. La luna iluminaba la cocina y no había ningún color. Era como estar dentro de los ojos de la señora Farmer. Yo estaba enfadado con ella porque me había acusado de ser un ladrón. No he robado nunca nada excepto algunas uvas en el supermercado cuando iba con mamá a hacer una compra de las grandes. Cuando no me estaba mirando, arrancaba una uva del tallo y me la metía en la boca y la aplastaba con la lengua para que mamá no me viera masticando y se diera cuenta.

Roger saltó de mis brazos. Abrí la puerta de atrás y salí al jardín. Noté la hierba escarchada entre los dedos de los pies y el aire me hacía cosquillas en la piel. Millones de estrellas titilaban como las piedras preciosas del anillo de boda de mamá. Apuesto a que ya no lo lleva. Contemplé el cielo y levanté el dedo corazón, por si acaso Dios me estaba mirando. No me gusta que me espíen.

El pelo de Roger soltó un destello a la luz de la luna y el gato se largó, probablemente a cazar un ratón o lo que fuera. Intenté ahuyentar la imagen del cadáver peludo que me había dejado en el umbral de la puerta. Me acerqué al estanque y me quedé mirando el agua pero lo único que veía era a aquel animalito gris, todo frío y rígido y muerto. Era de verdad una suerte que Rose estuviera en pedacitos. Habría sido horrible pensar que estaba debajo de la tierra, especialmente en una noche tan fría como ésta.

Se oyó un salpicón. Me puse de rodillas y me agaché hasta tocar con la nariz aquella agua negra. Sabía que en algún lugar entre aquellas plantas flotosas y aquellos remolinos de algas había un pez naranja. Tenía la piel exactamente del mismo color que mi pelo y yo usaba el mismo lápiz para dibujarnos a él y a mí en mi cuaderno. En todas las veces que he mirado en el estanque, nunca he visto ningún otro ser vivo. El pez está solo. Yo sé perfectamente lo que es eso.


El martes por la mañana papá hasta se levantó a desayunar. Llevaba dieciséis horas en la cama y olía a sudor y a alcohol. No comió nada pero hizo una tetera entera de té y yo me tomé una taza, aunque no me gusta demasiado. Jas bostezó cuatro veces mientras miraba su horóscopo. *Por qué estás tan cansada* le preguntó papá y Jas puso cara de que no sabía pero a mí me guiñó un ojo. Sonreí con la boca llena de Chocopops y deseé que Leo volviera pronto.

Fuera estaba lloviendo a cántaros. Jas le preguntó si nos podía llevar en coche. Papá accedió y nos llevó al colegio sin quitarse las zapatillas de andar por casa. Yo estaba preocupado de que pudiera ver a Sunya pero todos los niños iban tapados con capuchas y paraguas de modo que no había forma de saber quién era quién. Cuando salí del coche Jas me pasó un impermeable y me dijo que no me mojara. *Porque te vas a pillar un resfriado como te tengas que quedar todo el día con la camiseta empapada* dijo.

Entré en clase y por una vez no llegaba tarde. Ni siquiera había llegado aún la señora Farmer. Sunya estaba en nuestra mesa haciendo un dibujo. Tenía tinta por toda la mano izquierda y en la punta de la nariz. Yo tenía ganas de hablar con ella pero papá me había llevado en coche y me había dicho *Que te vaya bien*. Me pareció que habría sido un golpe muy bajo ponerme a hablar con una musulmana justo cuando él estaba intentando ser amable.

Al principio fue un murmullo. Pero luego se fue uniendo cada vez más gente, diciéndolo una y otra vez, cada vez más alto, dando golpes con las manos en las mesas. *Ladrón. Ladrón. Ladrón ladrón ladrón.* Daniel estaba de pie en mitad del grupo, dirigiendo todo aquel coro de insultos. Miré hacia Sunya, deseando que viniera a rescatarme. El rotulador rojo se movía de atrás adelante y de delante atrás. Ni siquiera levantó los ojos.

La señora Farmer entró en la clase. Aunque la cantinela se detuvo de golpe, algo tenía que haber oído desde el pasillo. Yo esperaba que les echara la bronca pero a mí fue al único al que miró como si se la mereciera. Pidió un voluntario para pasar lista y Daniel fue el primero que levantó la mano. Ella le sonrió y él se hinchó como un pavo. El ángel de Daniel llegó de un salto a la nube número seis.

Durante el recreo llovía de tal manera que nos tuvimos que quedar dentro. Me pasé cinco minutos en el cuarto de baño, tres minutos mirando los murales artísticos expuestos en el pasillo y cuatro minutos haciendo como que me dolía la cabeza. La enfermera de la escuela me despachó con una toallita húmeda en la frente. No llegué a la clase hasta dos minutos antes de que la señora Farmer volviera del cuarto de profesores. Lo suficiente como para que la cantinela volviera a empezar, pero no lo bastante como para que llegara a hacerse insoportable.

A mitad de la clase de Historia paró el tamborileo en las ventanas. La lluvia se convirtió en un sirimiri. Intenté concentrarme en la Época Victoriana pero resultaba difícil y no me esforcé al máximo en la redacción como había dicho la señora Farmer. Me puse a escribir sobre la vida de un deshollinador pero no pasé de la tercera frase con la preocupación de que como nos mandaran salir fuera a la hora de comer, a mí me iban a partir la cara.

La señora gorda del comedor vino con su silbato a nuestra clase cuando estaba a punto de terminar. Dijo *Podéis salir al patio* y todos gritaron de alegría menos yo.

Empezaron en cuanto puse el pie fuera. Vinieron corriendo desde el otro lado del patio para apretujarse alrededor de mí en un círculo, y de pronto comprendí por qué dice la abuela que los círculos pueden llegar a ser viciosos. Cada vez que intentaba salirme, un par de manos volvía a arrastrarme dentro. Se pusieron a dar golpes con los pies en el suelo. A dar palmas con las manos. A corear la cantinela más alto que nunca. Busqué con la mirada a la señora del comedor. Estaba en la otra punta del patio, gritando a unos niños por meterse en la hierba mojada. Busqué con la mirada a Sunya y vi un velo blanco que ondeaba escaleras arriba. Se metió por una puerta de al lado de nuestra clase. Desapareció.

Me tapé los oídos con los dedos. Cerré con todas mis fuerzas los ojos. Me pareció que la camiseta me estaba enorme y que las mangas me quedaban flojas por los brazos. Yo no era valiente. Y no era Spiderman. Me alegré de que mamá no pudiera verme.

Ryan fue el primero que perdió el interés. Me dio una patada en la espinilla y dijo *Hasta luego, pringao*. Se echó a andar y todo el mundo le siguió y diez segundos después no quedaba más que Daniel. *Todo el mundo te odia* dijo, y yo miré al suelo. Me dio un pisotón y me escupió en la cara, mientras decía entre dientes *Vete de nuestra escuela y vuélvete a Londres*. Ojalá pudiera. Ojalá pudiera marcharme en aquel preciso instante y confiar en que mamá iba a estar encantada de verme. *Vuélvete a Londres* dijo otra vez, como si eso fuera tan fácil. Como si allí me estuvieran esperando con los brazos abiertos.

Una niña con coletas le dio unos golpecitos en el hombro a Daniel. *Dice la señora Farmer que vayas a la clase* dijo, chupando un chupa-chups rosa. *Por qué* preguntó él. *No lo ha dicho* fue la respuesta. Él se encogió de hombros y se fue para allá. Me quité el escupitajo de la cara. Aquello había terminado. Me senté en un banco intentando dejar de temblar. Daniel le preguntó a la señora gorda del comedor si podía entrar. Ella asintió. Me quedé mirando cómo subía las escaleras y desaparecía por la puerta.

Después de comer la señora Farmer nos hizo sentarnos sobre la moqueta. Me dolía el cuerpo pero intenté que no se me notara en la cara. Sunya fue la última en sentarse y traía los ojos aún más brillantes de lo normal. Aunque yo estaba justo detrás del todo, saltó por encima de las piernas de todo el mundo y se dejó caer a mi lado. Me echó una sonrisa enorme sin que yo supiera por qué. Se le habían salido cuatro pelos del velo y se los enroscó en los dedos rojos, llenos de tinta.

En la pantalla interactiva aparecieron unos rompecabezas de números. Observé a Daniel. No parecía disgustado así que seguro que la señora Farmer no le había mandado llamar por nada malo. Maisie respondió a una pregunta difícil, y la señora Farmer se acercó al mural de detrás de su mesa. Sunya paró de mover los dedos. Daba la impresión de que estaba conteniendo la respiración. *Un trabajo excelente, Maisie* dijo la señora Farmer, alargando la mano para coger su ángel. *Ya estás un paso más cerca del...* La señora Farmer dio un respingo. Todo el mundo pegó un salto. Ella se quedó parada con la mano en el aire. Con la boca abierta un palmo. Sin despegar los ojos de algo que había en la pared.

Allí, pegadas en la esquina de abajo a la izquierda, había ocho letras rojas: INFIERNO. Y en el Infierno había un dibujo del demonio, cuidadosamente etiquetado con letra bien clara: SEÑORA FARMER.

*Quién ha hecho esto* dijo ella con una voz que era poco más que un susurro. No podía apartar los ojos del demonio. Yo tampoco podía. Era alucinante. Tenía cuernos puntiagudos y unos ojos malvados y una cola larga. Era todo entero de un rojo fuerte menos un círculo marrón en la barbilla que se parecía sospechosamente a una verruga.

Nadie habló cuando la señora Farmer salió a toda prisa de la clase. En menos de dos minutos volvió a aparecer con la señora gorda del comedor y el Director todo elegante con su traje negro y sus zapatos relucientes y su corbata de seda. *Tiene que haber sido a la hora de comer* dijo la señora Farmer, sonándose con fuerza la nariz. *Ha entrado alguien en la clase mientras estaban en el patio* le preguntó el Director a la señora del comedor, echándome a mí una mirada rápida. La señora del comedor jugueteó con su collar y fue mirándonos las caras a todos. A Sunya le tembló ligeramente el brazo. La señora del comedor asintió. *Aquél, señor Director.* Señaló directamente a Daniel.

*Acompáñame, jovencito* dijo el Director, pero Daniel no se movió. *La señora Farmer dijo que quería verme* protestó Daniel, poniéndose pálido. *Por eso entré.* El Director le preguntó a la señora Farmer si era verdad. Ella negó con la cabeza. *Preguntádselo a él* explotó Daniel, señalando con la mano hacia mí. *Jamie estaba delante cuando vinieron a llamarme.* No fue más que un gesto mínimo, un movimiento de la ceja de Sunya, pero lo entendí al instante. Ahora Daniel suplicaba. Estaba asustado. *Díselo, Jamie. Diles lo que me dijo la niña de las coletas.* Por primera vez aquel día, le miré fijamente a los ojos. *Perdona, Daniel, pero no sé de qué me estás hablando.*

La señora Farmer estaba demasiado disgustada para darnos clase así que la señora gorda del comedor nos leyó en su lugar unos cuentos. Cuando llegó la hora de irse a casa, todo el mundo salió corriendo de la clase, todos menos Sunya. Yo quería decirle algo pero no sabía por dónde empezar. Así que me limité a abrir mi estuche y a asegurarme de que todos mis bolígrafos estaban con la punta para el mismo lado. Cuando ya no me quedaba nada que hacer, levanté los ojos para encontrarme con que Sunya me estaba mirando mientras chupaba un chupa-chups rosa. Era idéntico al que tenía la niña de las coletas cuando fue a decirle a Daniel que entrara. *Un soborno* dijo ella encogiéndose de hombros, como si aquella idea suya fuera una nadería en lugar del plan más increíble del mundo entero y probablemente del universo, que según la señora Farmer se extiende y se extiende y nunca se termina.

Asentí y la cabeza me dio vueltas y sentí miedo y vértigo al mismo tiempo, como cuando estás a punto de subirte en una montaña rusa. Sunya se metió la mano en el bolsillo y sacó dos anillos de Blue-Tack. Uno de ellos tenía una piedra marrón pegada. El otro tenía una piedra blanca. Sin decir nada, se acercó a mí, con los ojos brillantes como reflectores apuntando hacia mi cara. Entonces se puso el anillo marrón en el dedo corazón y me tendió a mí el blanco, con la cara toda seria. Me quedé parado durante cosa de una milésima de segundo, y luego me lo coloqué en el dedo.

## 8

Las hojas de los charcos parecían peces muertos. Todo el verde se había vuelto marrón y morado, como si los montes tuvieran cardenales. A mí me gusta el mundo así. El verano me resulta un poco demasiado brillante. Un poco demasiado alegre. Las flores bailando y los pájaros cantando como si la naturaleza estuviera haciendo una fiesta. El otoño es mejor. Todo está un poquito más mustio y no se siente uno como si lo estuvieran dejando aparte de la diversión.

Estamos a finales de octubre, que viene a ser la época que más me gusta del año. De todas las fiestas como Navidad y Semana Santa, la que más me gusta es Halloween. Me encanta disfrazarme y me encanta que me den chucherías y se me da muy bien hacer jugarretas. Cuando era pequeño mamá no me dejaba comprar artículos de broma así que tenía que inventármelos yo mismo. Me decía *Todo el mundo te va a dar golosinas, nadie va a elegir jugarreta*, que es la mentira más grande que ha dicho nunca aparte de la de papá.

En el tercer aniversario de la muerte de Rose, papá se emborrachó y se puso a meterse con mamá. La misma historia de siempre, que si lo de la plaza de Trafalgar y las palomas y que si ella hubiera sido más estricta aquello jamás habría ocurrido. Mamá estaba en la cocina pintando pero entre las lágrimas no veía los colores. Pintó por error un corazón negro como el carbón. Se lo dije y cogí un pincel y le pinté el borde del rojo más fuerte. *Os vais a separar papá y tú* le pregunté cuando hube terminado. Mamá sorbió con la nariz. *Ya estamos separados* murmuró. Eché el pincel al fregadero. *Eso significa que no* pregunté, sólo para estar seguro, y mamá hizo una pausa y asintió. Así que ésa fue la mentira más gorda, pero la de Halloween tampoco fue manca porque por su culpa me pillaron desprevenido y fue un bochorno.

Cuando el vecino apabullante del bulldog dijo *Jugarreta*, yo no supe qué hacer. Dijo *Es que eres sordo o qué* y yo negué con la cabeza y él dijo *Pues hazme una jugarreta*. Así que le dije que cerrara los ojos y le di un pellizco en el brazo. Dijo la palabrota que empieza por jota y el perro se puso a ladrar al verme salir corriendo. Ese año ya no me atreví a ir a más casas por si me volvía a ocurrir lo mismo. Pero al año siguiente como no me apetecía perderme todas aquellas chucherías me preparé yo mismo algunas jugarretas.

Este Halloween va a ser el mejor de todos. Sunya tiene más imaginación que la persona con más imaginación en la que soy capaz de pensar, que ahora mismo es Willy Wonka. Yo todavía no me he recuperado de su jugarreta del demonio en el mural. Nadie llegó a descubrir que había sido ella y Daniel estuvo tres días expulsado. Su ángel lo quitaron de la pared y lo pusieron en la caja del papel para reciclar.

*No sabía que los musulmanes celebraban Halloween* le dije a Sunya. Yo *pensaba que eso era cosa de los cris-*

*tianos.* Y se echó a reír, y a Sunya lo que le pasa es que una vez que empieza ya no puede parar, y su risa es contagiosa. Así que allí estábamos los dos, sentados en nuestro banco del patio, partiéndonos de risa, y yo sin saber de qué nos estábamos riendo. Me dijo *Halloween es una tradición de este país que no tiene nada que ver con ser cristiano.* Estuve a punto de decir *Y entonces por qué lo celebras* porque siempre me olvido de que ella ha nacido en Inglaterra.

*Volvemos a vernos las caras, Spiderman* me dijo. Y yo le respondí *A cuánta gente has salvado hoy, Chica M.* Hizo como si contara con los dedos. *A novecientos treinta y siete* dijo encogiéndose de hombros. *Hoy ha sido un día tranquilo.* Se nos escaparon unas risitas. *Y tú a cuántos, Spiderman.* Yo me rasqué la cabeza. *A ochocientos treinta* dije. *Pero es que he empezado tarde y he acabado antes de mi hora.* Estallamos en risas. Nos hacemos esa misma broma todos los días y nunca llega a aburrirnos.

Se me hizo raro ver a Sunya fuera del colegio durante el fin de semana. Estaba sentada al pie de un castaño con una sábana blanca a un lado y una bolsa de plástico en las manos. Antes de sentarme junto a ella, paseé la mirada por los árboles. Estaban de color naranja y resecos, como viejos que hubieran tomado demasiado el sol. Papá había salido a comprar alcohol a algún lugar muy lejos del bosque, pero aun así me puse nervioso.

Me faltó poco para no aparecer. Una cosa es ser amigo de una musulmana en el colegio y otra verse con ella los fines de semana. Sunya me había dicho que fuera con ella a hacer «golosina o jugarreta» y yo le había dicho que sí sin preocuparme de papá. No había sido capaz de pensar en nada más que en la cantidad de chucherías que íbamos a conseguir, y en las jugarretas que íbamos a hacer, y en lo muchísimo mejor que todos los Halloweens anteriores que pasé en Londres que iba a ser porque esta vez no estaría yo solo. Pero esa mañana, al robar unas vendas para disfrazarme de momia, me sentí culpable. Estábamos comiéndonos los cereales delante de la tele y una señora con la piel del mismo color que Sunya daba las noticias. Papá dijo *Una maldita pakistaní en la BBC* como si fuera algo malo. *A lo mejor no es de Pakistán* le repliqué, sin poder contenerme. Las cejas de Jas desaparecieron bajo su flequillo rosa. Papá cambió de canal. Salieron dibujos animados. *Qué has dicho.* Tenía la voz calmada pero los nudillos se le pusieron blancos de lo fuerte que tenía agarrado el mando. Tosí. *Qué acabas de decir, James.* Jas se puso el dedo delante de los labios, diciéndome que me callara. Aunque no llevaba su maquillaje blanco se le había puesto la cara pálida. *Nada* dije. Papá asintió. Dijo *Eso me había parecido* y le hizo a la urna un gesto de saludo.

Fue un alivio que Sunya se pusiera la sábana por encima de la cabeza. Había recortado agujeros para los ojos y una forma de salchicha larga para la boca y por los agujeros no se le veía nada la piel. Le dije *Muy chulo el disfraz* y ella me respondió *El tuyo también.* El mío era un poco raro porque se me habían acabado las vendas y había tenido que usar papel higiénico rosa en su lugar. Dije *Sólo espero que no llueva* y ella dijo con una risita *Te irías por el desagüe.*

Tres horas más tarde habíamos llamado a todas las casas que habíamos encontrado y teníamos dos bolsas llenas a reventar de chucherías. Nos sentamos al pie del castaño a comernos nuestras cosas. Todo estaba oscuro menos el cielo, en el que brillaban un millón de estrellas. Parecían velas minúsculas y por una décima de segundo me pregunté si no las habrían encendido todas para Sunya y para mí y para nuestro picnic especial de Halloween. Me dolía todo el cuerpo de lo mucho que me había reído y probablemente había sido el mejor día de mi vida. Me habría gustado decírselo a Sunya pero me dio miedo que me tomara por un ñoño así que me limité a decir *El hombre aquel* y volvimos a partirnos de risa. Era el último que había dicho *Jugarreta* y yo saqué la pistola de agua que llevaba a la espalda. El tipo se agachó pero por supuesto no le disparé nada. Eso era lo que Sunya llamaba el gancho, que significa que yo estaba distrayendo al tipo mientras ella le hacía la verdadera jugarreta. Le lanzó una bomba fétida dentro de la casa. El tipo no se enteró porque estaba con los ojos cerrados esperando el chorro de agua. Entonces Sunya gritó *Picaste* y el hombre nos cerró la puerta en las narices pero no nos fuimos. Nos acercamos de puntillas a la ventana del salón y contemplamos cómo se sentaba en el sofá. Al cabo de un minuto, arrugó la nariz. Diez segundos más tarde, se miró las suelas de los zapatos como preguntándose si habría pisado alguna caca de perro. Sunya me tapó la boca con la mano porque se me escapaban las carcajadas y aunque sus dedos estaban helados, al tocarlos me dio la impresión de que me ardía la boca.

*Por qué llevas eso puesto* me preguntó con la boca llena de chucherías. *Soy una momia* le respondí. *Normalmente llevan vendas pero como se me han terminado he tenido que...* Ella sacudió la cabeza. *Eso no* dijo señalando al papel higiénico. *Esto*. Sus dedos tocaron la camiseta de Spiderman. *Soy un superhéroe* dije. *Lucho contra el delito*. Soltó un suspiro con olor a gominolas de botella de Coca-Cola. Por los agujeros de la sábana se veían sus ojos brillantes brillantes y relucían más que las estrellas del cielo. *Pero en realidad por qué lo llevas* dijo. Dobló las piernas hacia el pecho y apoyó la barbilla en una rodilla. Estaba chupando un chupa-chups muy despacito, como si tuviera todo el tiempo del mundo para oír mi historia. Intenté hablar, pero no ocurrió nada.

Cuando nos fuimos de Londres, papá se pasó como una hora intentando hacer pasar su armario por la puerta del dormitorio. Lo tumbó hacia un lado. Probó poniéndolo patas arriba. Lo volvió para un lado y para otro pero no hubo manera. Las palabras como Mamá y Affaire y Papá y Alcohol eran justo iguales que aquel armario… demasiado grandes para poder sacarlas. Hiciera yo lo que hiciera, no había manera de que me pasaran por entre los dientes.

El chupa-chups estaba ya en las últimas cuando dije *Porque me gusta, por nada más*. Para desviar la conversación le dije *Por qué llevas tú esa especie de velo en la cabeza* y ella dijo *Hiyab* y yo dije *Hi qué* y ella dijo *Así es cómo se llama. Es un hiyab*. Repetí esa palabra una y otra vez. Me gustaba cómo sonaba. Y entonces me pregunté qué diría papá si me viera sentado al pie de un castaño con una musulmana vestida de fantasma, susurrando palabras musulmanas en la oscuridad. De golpe me di cuenta exactamente de lo que diría y más aún, me lo imaginé diciéndolo, con el gesto todo torcido, los ojos llenos de lágrimas y la urna temblándole en la mano.

Me puse de pie. Las chucherías me estaban poniendo enfermo. Sólo me había comido la cuarta parte de mi bolsa pero se la eché a Sunya en el regazo. Dije *Qué-datelas. Yo me voy a casa.* Me alejé por la calle abajo, arrancándome las vendas de la cara y quitándome el papel higiénico del cuerpo. Una mitad de mí no quería volver a ver a Sunya, pero la mitad más grande quería que corriera detrás de mí y me preguntara *Qué te pasa.* Llegué a una esquina. Si daba cinco pasos más, habría desaparecido de su vista. Frené de inmediato y traté de no mirar atrás, pero mi cuello no obedecía a mi cerebro. Antes de que pudiera evitarlo, mi cabeza se había vuelto en redondo y allí estaba Sunya, corriendo detrás de mí.

Dijo *Es que tienes miedo, Spiderman. Los superhéroes no huyen de esa manera.* En cuanto ella llegó a mi lado, apreté el paso como si quisiera marcharme, cosa que era y no era verdad al mismo tiempo. Dije *No tengo miedo. Es que llego tarde. Mi padre me ha dicho que tengo que estar en casa a las ocho.* Sunya me metió mi bolsa en la mano. *Eres el mentiroso más grande del mundo entero,* me dijo. *Si me das tus gominolas de botella de Coca-Cola te doy mis ratones de chocolate.*

Vimos la luz de unos faros que doblaban la esquina. Reconocí el coche. Agarré a Sunya de la mano tratando de ponerla a salvo en algún lugar. Papá disminuyó la marcha. A mí se me aceleró el pulso. No había edificios. Ni muros. Ningún lugar donde esconderse. *Pero qué pasa* dijo Sunya. Yo habría querido gritarle *CORRE* pero ya era demasiado tarde. Los frenos chirriaron, la ventanilla bajó con un zumbido y el coche se detuvo justo a mi lado. Papá se asomó por la ventanilla y se quedó mirando. *Golosina o jugarreta* dije soltándole la mano a Sunya. Levanté los brazos como un fantasma y puse cara de muerto. *Golosina o jugarreta golosina o jugarreta golosina o jugarreta* alboroté, intentando desesperadamente distraer a papá. Sunya llevaba todavía la tela por la cabeza y, si papá no se fijaba demasiado, puede que no se diera cuenta de que bajo aquel disfraz se escondía una musulmana.

*Cómo se llama tu amiga* dijo arrastrando las palabras, y Sunya respondió antes de que yo pudiera inventarme un nombre que sonara a inglés. Dijo *Soy Sunya*. El caso es que papá sonrió. *Encantado de conocerte*, le dijo y el aliento le olía a cerveza. *Eres compañera de la escuela de James*. Sunya dijo *Estamos en la misma clase y sentados en el mismo pupitre y nos repartimos las chucherías y nos contamos secretos*. Papá parecía sorprendido pero contento. *Espero que estudiar también estudiéis* bromeó y Sunya se rió y dijo *Pues claro, señor Matthews* y yo me quedé allí pasmado mirando cómo papá le echaba una sonrisa a una musulmana y le ofrecía llevarla a su casa.

Nos abrochamos los cinturones. A mí el mío me apretaba el pecho y me daba calor. Como los padres de Sunya estuvieran a la puerta de su casa, o como tuvieran las cortinas abiertas, o como salieran un momento a dar las gracias, papá vería que eran de piel morena y se pondría como un loco. Iba dando bandazos por la carretera y yo no paraba de pensar en esos anuncios de conductores borrachos que ponen en la tele en los que acaba todo el mundo muerto y me sentí mal por haber dejado que Sunya subiera al coche cuando estaba claro que papá estaba más allá de sus límites. Pero ella siguió comiendo chucherías y dándole conversación y yo oía la sonrisa en su voz como si todas sus palabras tuvieran caras felices. Le contó que llevaba toda su vida viviendo en el Distrito de los Lagos y que su padre era médico y su madre veterinaria y que tenía un hermano en el instituto y otro hermano en la Universidad de Oxford. *Qué familia tan inteligente* dijo papá, y parecía impresionado. *Es esa casa de la derecha* le dijo Sunya y nos acercamos a un gran portón. Se veían luces detrás de las cortinas pero no había nadie en el camino del jardín.

*Gracias por traerme* dijo Sunya y salió de un salto del coche con la bolsa de plástico balanceándose en su mano. Yo no veía otra cosa que sus dedos morenos y recé con más fuerza que nunca en mi vida para que papá no se diera cuenta. Pero él se limitó a sonreír y dijo *Para eso estamos, guapa* y Sunya se fue corriendo, con la sábana blanca ondeando al viento.

Papá dio la vuelta y el coche se alejó de la casa. Miré por el cristal de atrás y vi a Sunya desaparecer tras el portón. Papá me echó una mirada por el retrovisor. *A que es tu novia.* Yo me puse rojo y dije *No* y papá se rió y dijo *Pues tampoco sería para tanto, hijo. Parece buena chica esta Sonya.* De repente me entraron ganas de gritarle SE LLAMA SUNYA Y ES MUSULMANA, sólo para ver qué me decía. Porque sabía perfectamente que si papá hubiera visto a Sunya cubierta con un hiyab en lugar de con una sábana, de ningún modo habría pensado que era buena chica.

# 9

Esta mañana nos han llevado a la biblioteca y he estado mirando un libro sobre la Época Victoriana que decía que las mujeres de aquellos tiempos se quedaban en casa para cuidar a los niños y no trabajaban y nunca dejaban a sus maridos porque el divorcio era difícil de conseguir y demasiado caro. Y justo estaba pensando en lo mucho que me habría gustado vivir en esa época, cuando noto una mano en la espalda. Como estaba convencido de que era Daniel he gritado *Señora Farmer*, a pesar de que el cartel dice *CHIST. Esto es una biblioteca.* Y ella me ha dicho *Qué pasa* y yo he dicho *Éste me está hurgando en el omóplato.* El Director se ha aclarado la garganta y me ha empujado al pasillo mientras la señora Farmer murmuraba *A ver si aprendemos a respetar a las personas mayores, jovencito.* El Director me contemplaba bajando los ojos y yo le estaba viendo la nariz por dentro y me estaba preguntando si no sería difícil respirar a través de esa cantidad de pelo cuando me dice *Qué vas a hacer mañana por la tarde.* Le he dicho *Nada* y me ha dicho *Bueno, pues ahora sí que vas a hacer algo. Tenemos un sitio en el equipo de fútbol. Craig Jackson se ha lesionado.*

Jas dice que no se lo perdería por nada. Cree que voy a meter el gol de la victoria. Mi horóscopo de esta semana es que te mueres de positivo, y en todo caso ella dice que mis zapatillas están encantadas y que con ellas voy a ser tan bueno como el mismísimo Wayne Rooney. Le he preguntado a papá si va a venir y ha eructado. No sé si eso significa que sí o que no.

Las pruebas de selección fueron hace más de un mes. Hice todo lo que pude pero apenas conseguí tocar la pelota. Me pusieron de extremo izquierdo y luego de delantero centro y aunque no hice gran cosa a mí me pareció que no había estado mal. La noche antes de que se anunciaran los nombres de los que iban a estar en el equipo las tripas se me movían como si tuviera dentro cientos de mariposas que no me dejaban dormir. Y por la mañana me sentía como si cada una de esas mariposas hubiera tenido diez bebés llenos de energía. El Director había dicho que iban a poner la lista de nombres en el tablón de anuncios durante el recreo, y eso significaba que tenía por delante dos clases enteras antes de poder verla. En Lengua y Literatura estuvimos escribiendo un poema titulado Nuestra Genial Familia. La única rima que se me ocurría era «melliza» con «ceniza» y, como la señora Farmer creía que Rose estaba viva, ni siquiera podía usarla. En Matemáticas estuvimos haciendo fracciones y a mí normalmente se me dan bien pero las mariposas se me habían extendido hasta el cerebro y hacían revolotear mis pensamientos.

La señora Farmer dijo *Poneos los abrigos antes de salir a jugar* y Daniel y Ryan corrieron al patio sin pararse a mirar siquiera la lista. Sabían que iban a estar en el equipo porque la temporada pasada habían sido los únicos de quinto a los que cogieron. Yo no quería que se me notara que estaba deseando mirarla así que fui a la biblioteca y saqué el primer libro de la estantería sin mirar lo que era. Tenía los ojos fijos en el trozo de papel del tablón de anuncios. En él estaban escritos once nombres, y más abajo los tres suplentes. Me acerqué silbando la primera canción que me vino a la cabeza, que fue *El Valor para Volar* porque papá había estado poniéndola sin parar ese fin de semana en el camino de Saint Bees.

Las letras parecían puros garabatos, imposibles de leer. Di otro paso hacia delante. Las mayúsculas del principio de los nombres se volvieron claras. Había dos jotas. Me acerqué más, con los labios todavía para fuera, aunque había parado de silbar. Leí el séptimo nombre de la lista. James.

James. James Mabbot. Uno de quinto. Yo ni siquiera era suplente.

Salí corriendo hacia el patio. Abrí la puerta de una patada y me lancé escaleras abajo y al doblar a toda velocidad la esquina me choqué con Sunya. Mi libro de la biblioteca voló por los aires y derrapó por la gravilla. Ella lo recogió y miró el título. Decía en grandes letras negras *El milagro que soy: un libro sobre óvulos, espermatozoides, y cómo nacen los niños*. Se le escapó una risita. Le arranqué el libro de las manos.

Esa noche me leí de pe a pa *El milagro que soy* sentado en el alféizar con Roger acurrucado junto a mis pies. El libro hablaba y hablaba de lo especial y lo único que yo era porque sólo había una posibilidad entre un millón de trillones de que saliera tal como soy. Si aquel espermatozoide de papá no se hubiera encontrado con aquel óvulo de mamá justo en el momento en que lo hizo, yo habría sido una persona diferente. Eso no tenía pinta de milagro. Tenía pinta de mala suerte.

*No vas a hacer el ridículo* me dijo Sunya al encontrarme a la puerta del vestuario, demasiado asustado para entrar. *Eres Spiderman.* Me dieron ganas de decirle que Spiderman no se dedica a hacer deportes pero como ella estaba intentando ser amable me quedé callado. *Y tienes un anillo mágico.* Miré el hilo de Blue-Tack que rodeaba mi dedo corazón y toqué la piedra blanca. Me hizo sentirme un poco mejor. *Vas a estar genial* sonrió Sunya. Cogí aire con fuerza y empujé la puerta para abrirla.

Daniel era el capitán del equipo antes de que lo expulsaran por tres días. Se le veía celoso mientras el Director discutía las tácticas con Ryan. Ryan no paraba de asentir, muy serio, con los brazos cruzados y una pelota bajo el pie como si hubiera nacido con ella pegada a la planta. Daniel estaba sentado, con cara de estar furioso y moviendo nerviosamente la pierna derecha. Cuando me vio, sacudió la cabeza, como si no pudiera creerse que me hubieran dejado entrar no ya en el equipo, sino hasta en el vestuario. Yo no le hice caso y saqué el pantalón corto de mi bolsa de deportes.

En mitad del suelo había una pila de camisetas y elegí una de manga larga para que me tapara la de Spiderman. El Director nos dijo que formáramos un círculo y tuve que morderme el labio para no sonreír al ver que dos chicos me pasaban el brazo por los hombros. Dijo *Éste es el partido más importante de la temporada* y todo el mundo estaba en silencio. Nadie respiraba. Teníamos todos la vista fija en el Director mientras hablaba. *Si ganamos hoy a Grasmere estaremos en cabeza de la liga* y miraba a los jugadores y a mí el corazón me dolía de las ganas que tenía de ganar. Dijo *Algunos de nuestros jugadores titulares no están, pero vamos a hacer todo lo que podamos con los suplentes que tenemos* y de pronto me entró un interés de muerte por el suelo. Lo estuve mirando fijamente mientras el Director decía alguna otra cosa de la que no me acuerdo.

Las madres y los padres y los abuelos estaban de pie en un lado del campo. Entre todas las cabezas marrones y negras y de color zanahoria había una rosa y una verde y una cubierta con un hiyab amarillo. Intentando dar la impresión de que sabía lo que me hacía, hice tres flexiones de rodilla con la otra pierna estirada y diez saltos abriendo y cerrando los brazos y las piernas mientras esperábamos a que llegara el otro equipo. Me puse a correr de una punta a otra por la banda izquierda del campo haciendo como si regateara, aunque no tenía pelota.

Al final llegó el equipo de Grasmere. El árbitro dijo *Adelante los capitanes* y Ryan dio un paso al frente y Daniel se puso rojo de envidia. Ryan dijo *Cara* y el árbitro dijo *No, ha salido cruz*, así que le tocaba sacar al otro equipo. Y entonces sonó el silbato y me puse a jugar el primer partido de mi vida sin estar de portero.

Las tres primeras veces que pillé el balón me placaron. El chico que me marcaba aparentaba como trece años y hasta tenía pelillo en el labio de arriba y en la garganta una bola que más que una nuez parecía un melón. Era un tipo fuerte y duro y olía a desodorante como un hombre. A los cinco minutos yo tenía ya las piernas llenas de barro y la rodilla me estaba matando por la parte donde me habían pegado una patada y me hormigueaban los pies con las zapatillas apretadas, pero nunca me había sentido tan feliz. El que me marcaba sería grande pero era bastante lento y podía esquivarlo fácilmente.

Me esforcé más que en toda mi vida junta con la esperanza de que a Jas y a Leo y a Sunya les pareciera que lo estaba haciendo bien. Seguía preguntándome si papá estaría entre la multitud y si estaría impresionado. Cada vez que me hacía con el balón, la voz del comentarista me retumbaba en los oídos. *Magistral pase hacia dentro del área de Jamie Matthews* y *Matthews regatea a un contrario, luego a otro, y a otro* y *El nuevo fichaje Matthews ha hecho un magnífico primer tiempo.*

Llevábamos cuarenta y cinco minutos de partido y sólo íbamos perdiendo por uno a cero. Nuestro portero se había dejado meter un gol en propia meta. Daniel se puso a hablar mal de él diciendo que era una nena y que no sería capaz de jugar bien al fútbol ni aunque le fuera la vida en ello y Ryan se reía, pero yo no. Yo sé lo que se siente al ser el portero del equipo que va perdiendo. Nos comimos unos gajos de naranja que me dejaron las manos pringosas pero estaban deliciosos y llegó el momento de que empezara la segunda mitad del partido.

Tuvimos montañas de ocasiones pero no logramos meter el balón en la red. Daniel lanzó un tiro al poste. Ryan dio en el larguero con un remate de cabeza desde mi esquina. Yo sentía el pánico como un globo que se me iba hinchando cada vez más en la tripa a medida que se nos acababa el tiempo. Y entonces un niño que se llamaba Fraser se fue para el suelo en el área y el árbitro dijo *Penalty* y lo iba a chutar Daniel pero Ryan dijo *Deja, ya voy yo.* Lo marcó por la escuadra derecha.

Corrió hacia los hinchas con los brazos en alto y todos los demás siguiéndole. Cuando yo llegué ya habían parado de celebrarlo así que me tuve que volver a toda velocidad para atrás por la banda izquierda para el saque desde el centro.

No me quedaban fuerzas pero sin saber ni cómo seguí adelante. Por mucho que me dolieran los pies, no me rendí ni por un instante. El Director iba de aquí para allá por el borde del campo llenándose los relucientes zapatos de barro, y no paraba de gritar cosas que yo no oía. Se me había subido toda la sangre a la cabeza y me hacía dentro ese sonido que se oye al ponerse una caracola pegada a la oreja. El árbitro comprobó el reloj y me di cuenta de que faltaba sólo un minuto para que pitara el final y de pronto era yo el que tenía la pelota y no tenía delante más que al portero. La voz del comentarista dijo *Ocasión para Jamie Matthews de hacer ganador a su equipo* y yo pensé en mamá y en papá y en Jas y en Sunya y le pegué al balón la patada más fuerte que fui capaz con el pie izquierdo.

Ocurrió todo a cámara lenta. El portero saltó. Sus pies se despegaron del suelo. Sus brazos se estiraron. La red se abombó. Las manos de la multitud se levantaron. Mi tiro había entrado.

Mi tiro había entrado. Me quedé mirando el gol sin pestañear y sin moverme por si no era más que un sueño del que estaba a punto de despertarme. El sonido de caracola desapareció y pude oír los gritos y los aplausos y las ovaciones, y lo mejor es que eran todos para mí. No sé por qué me acordé del libro que había sacado de la biblioteca por error y me sentí especial y único, sin llegar a tanto como un milagro, pero tampoco demasiado lejos.

Cientos de manos me arrastraron al suelo. Todos los jugadores se tiraron encima de mí, y me apretaron la cara contra el barro y me puse perdido porque el suelo estaba mojado, pero no me importó lo más mínimo. Y no habría querido estar en ningún lugar del mundo más que allí, sin poder respirar casi y aplastado sobre el campo del colegio por diez jugadores que gritaban.

Por nueve jugadores que gritaban. Daniel no se acercó a celebrarlo. No me di cuenta hasta que conseguí ponerme de pie y el árbitro tocó el silbato. Daniel estaba solo en mitad del campo y ni siquiera parecía contento de que hubiéramos ganado.

Sunya coreaba mi nombre y besó la piedra de su anillo. Yo miré alrededor para ver si estaba papá y también besé la mía. Ella me saludó con la mano y se fue corriendo y el globo que se me había hecho en la tripa se me infló más que nunca pero era agradable, como unos manguitos o una colchoneta hinchable o cualquier cosa de las que te mantienen a flote en el agua. Se me estiraron los hombros y se me ensanchó el pecho y por primera vez me pareció que mi camiseta de Spiderman estaba hecha para mí.

Todas las madres y todos los padres se acercaron a saludar a sus hijos y durante una décima de segundo me quedé sin saber qué hacer. Yo seguía sonriendo pero me empezaron a doler las mejillas y me notaba los labios cortados y la lengua seca. Pero seguí con la sonrisa puesta porque no quería que nada, ni siquiera el hecho de que el eructo de papá fuera un no, me estropeara ese momento. Jas y Leo se estaban besuqueando pero se separaron y me hicieron gestos con la mano así que corrí hacia ellos. Jas no paraba de decir que yo era un héroe, mejor aún que Wayne Rooney, y Leo me volvió a dar la mano y esta vez yo ya estaba perfectamente al tanto de cómo se hacía. Me dijo *No sabía yo que los peces metieran goles* y yo le dije *Pues igual más que los erizos* y él se rió con ganas, no con esa risa falsa de adulto, y soltaba destellos plateados por los pendientes que tenía en la lengua y en los labios.

Otras familias se quedaban mirando el pelo rosa de Jas y los pinchos verdes de Leo y la ropa negra negra y la cara blanca blanca que llevaban. Yo me quedaba mirándolos a ellos hasta que se daban la vuelta, y me sentía tan poderoso y tan valiente que habría sido capaz de enfrentarme hasta con el Duende Verde de Spiderman si llega a aparecer por el campo en aquel momento. Jas me dijo *Te veo en casa* y Leo dijo *Hasta la próxima, enano* y ahí me quedé solo y abrí lo más posible los ojos para que no se me escapara ni el menor detalle del mejor día de mi vida. Vi las manchas de hierba que tenía en las rodillas, y las redes ondeando con el viento, y al chico que me marcaba que se marchaba derrotado y con los hombros caídos, todo por mí. Sonreí en secreto al león del cielo, y juro que lo oí rugir.

El Director me dijo *Enhorabuena* y me apretó el hombro y *Un gol impresionante* y me alborotó el pelo. Y cuando ya me parecía imposible que las cosas pudieran ir mejor, me metí en los vestuarios y todos menos Daniel me sonrieron y dijeron *Buena jugada* y *Qué partidazo* y *No sabía que chutaras tan bien con la izquierda*. El portero hasta gritó *Jamie Matthews, el Héroe del Partido* porque mi gol había hecho que todo el mundo se olvidara de su metedura de pata y que dejaran de llamarle *Manitas de mantequilla*. Unos cuantos estuvieron de acuerdo pero Daniel soltó un bufido y salió dando un portazo del vestuario. Pensé que se había ido sin más a su casa, pero cuando me estampó el puño en la cara comprendí que me había equivocado.

Fue en una calle tranquila a media milla de la escuela. No había nadie por los alrededores. Daniel debía de haberme esperado a la puerta del vestuario y haberme seguido a casa. No lo oí seguirme porque estaba manteniendo una conversación mental con mamá, contándoselo todo del partido y diciéndole *No llores. Seguro que el señor Walker te deja venir la próxima vez.*

Noté unos golpecitos en la espalda y al volverme me encontré con cuatro nudillos delante. Me dieron un puñetazo en la cara y el ojo se me estrelló contra el fondo del cráneo como un huevo contra un muro. Me llevé las manos a la cabeza y un pie me dio una patada en el estómago y me caí al suelo. El pie siguió dándome patadas en las piernas, y en los brazos, y en las costillas, y noté en la boca un sabor metálico que debía ser sangre.

Me di la vuelta para protegerme el estómago y Daniel me pegó en la espalda. Luego me agarró del pelo y me sacudió y la sangre salpicó por toda la acera. Me gritó en el oído *Eso por buscarme problemas con el Director.* Intenté responderle pero tenía en la boca un montón de sangre y vísceras y una cosa dura que debía ser un diente. Dijo *Eres un gilipollas* y *Todo el mundo te odia* y *Un gol de chiripa no va a cambiar nada.* Y yo me quedé allí tragándome sin más todo aquello hasta que dijo *Vuélvete a Londres y llévate a la pakistaní esa contigo.* No sé por qué esa palabra hizo que se me terminaran de cruzar los cables así que intenté ponerme de pie pero el cuerpo no me respondía.

Daniel me pisoteó la mano antes de irse corriendo. Me quedé tirado en la acera contemplando cómo des-

94

aparecían sus zapatillas por la esquina. Me dolían los huesos y me palpitaba la cabeza y me sentí cansado. Cerré los ojos y me concentré sólo en respirar. El aire pitaba al pasar por los agujeros de mi nariz. Debí de quedarme dormido. Lo siguiente que supe fue que el cielo se había puesto oscuro y las montañas eran sombras y los árboles estaban negros y afilados sobre una luna de nata.

Me levanté y me fui cojeando. A la puerta de nuestra casa no había luces azules. El coche de mamá no estaba en el camino del jardín. Yo no tenía ni idea de la hora que podía ser pero sabía que era tarde y pensé que papá se habría preocupado lo bastante como para llamar a algún sitio.

Abrí la puerta de la entrada y esperé a que Jas corriera escaleras abajo o que papá gritara *Dónde demonios te habías metido*. El recibidor estaba en silencio. Una luz gris se filtraba por debajo de la puerta del salón y me dirigí hacia ella, con el cuerpo dándome punzadas a cada paso. Papá estaba dormido en el sofá, con un álbum de fotos abierto en las rodillas. Una foto de Rose parpadeaba a la luz de la tele. Con su vestido de flores, su chaqueta y sus zapatos planos con hebilla. Me quedé mucho rato mirando a papá y, aunque tenía el cuerpo machacado y el ojo se me había hinchado tanto que me abultaba el doble de lo normal, nunca me he sentido tan invisible. Tampoco es un superpoder tan estupendo, a fin de cuentas.

La tele estaba sin sonido pero pusieron aquel anuncio. El Mayor Concurso de Talentos de Gran Bretaña. Un montón de niños bailando en silencio, con las caras felices y resplandecientes y sus familias aplaudiendo entre el público. Y cuando apareció el teléfono y las palabras giraron diciendo *Llama a este número y cambia tu vida*, cogí de la repisa de la chimenea un bolígrafo y me escribí el número en la palma de la mano dolorida.

## 10

Resultó que no había pasado tanto tiempo dormido en la acera. Ahora se hace de noche tan temprano que es difícil saber la hora que es. No eran más que las seis y media cuando apagué la tele y dejé a papá en el salón y me subí a mi cuarto. En cuanto me vio entrar, Roger saltó del alféizar y vino a frotar su pelo naranja contra mis heridas. Por lo menos alguien se alegraba de verme. Por lo menos alguien se alegraba de que hubiera llegado a casa vivo. Me vino de pronto una imagen de Roger marcando con la pata el 061 y denunciando mi desaparición por entre sus bigotes. Una sonrisa hizo que las mejillas se me levantaran hacia los ojos y me dolía tanto que no se puede ni explicar.

Jas llegó a las diez y veintiún minutos. Las bisagras de la puerta principal chirriaron muy despacio y me di cuenta de que estaba intentando entrar sin que la oyeran. Crucé los dedos. Se oyó un ruido de pisadas y luego un grito. Me tapé la cabeza con el edredón y me puse a canturrear con todas mis ganas. A papá se le notaba en la voz que había estado bebiendo.

Le preguntó una y otra vez a Jas *Dónde has estado* y ella dijo *Por ahí con unos amigos*, lo cual estaba claro que era mentira. Pero yo entiendo que no quisiera decir nada de Leo. A papá no le iba a gustar que Jas tuviera novio, y menos aún si el novio tenía el pelo verde. Dijo *Por qué no has llamado* y yo oí lo que Jas habría querido responderle. Vi las palabras cruzar como un relámpago su cerebro. Pero sólo dijo *Llamaré la próxima vez* y papá dijo *No habrá próxima vez* y Jas dijo *QUÉ* y papá dijo *Estás castigada.*

Aquello era tan absurdo que me dieron ganas de reírme pero estaba tratando de mantener la cara quieta porque al moverla me dolía demasiado. Papá lleva meses sin ocuparse de nosotros. Ni nos ha hecho la cena, ni nos ha preguntado qué tal nos ha ido, ni nos ha regañado desde hace demasiado tiempo para empezar ahora. Jas debió de reaccionar igual que yo porque papá dijo *Quita ahora mismo esa sonrisita boba.* Y ella gritó *No me puedes castigar* y papá replicó *Si te portas como una niña te tendré que tratar como si lo fueras* y Jas le dijo *Soy más adulta de lo que lo vas a ser tú en toda tu vida.* Y papá dijo *Eso es una tontería* y yo le susurré a Roger *No, no lo es.* Roger ronroneó y me hizo cosquillas en los labios con los bigotes. Se había acurrucado junto a mí y sentía su cuerpo como una bolsa de agua caliente peluda contra el mío. Luego vino aquel silencio lleno de todas las cosas que Jas no podía decir.

En los cuatro días que Luke Branston y yo fuimos amigos habíamos ido a ver esa película de miedo que se llama *Candyman.* Era sobre un tipo con un garfio que aparece si te miras al espejo y dices cinco veces su nombre. Y desde que vi la película siempre he tenido medio ganas de probarlo, y a veces cuando me estoy lavando los dientes digo *Candyman Candyman Candy-*

man *Candyman Candy…* pero nunca termino de decirlo, por si las moscas.

Es como lo de papá. Nadie ha dicho nunca nada de que beba. Jas nunca me ha dicho nada a mí, ni yo a ella, y ninguno de los dos le ha dicho nunca nada a papá. Da demasiado miedo. No sé lo que podría pasar si dijéramos la palabra *BORRACHO*.

Casi me dieron ganas de que ella se lo gritara en la cara. A Roger le entró demasiado calor y saltó de la cama. En el reloj de la iglesia dieron las once y me imaginé a un viejito tirando de la soga en el campanario a la luz de las estrellas. El silencio continuó. Me mordí el labio y me noté un agujero. Daniel me había saltado de un puñetazo mi último diente de leche.

Rompieron el silencio unos pasos en la escalera. Me sentí aliviado y decepcionado, las dos cosas a la vez. Mi puerta se abrió y Jas entró y tiró el bolso en mi suelo. Se sentó en mi cama y se echó a llorar. Las lágrimas llenas de rímel le bajaban por las mejillas dibujándole líneas negras. La abracé y se le notaban todos los huesos de la espalda. *No puedo seguir con esto* dijo, y eso a mí me puso enfermo. Era justo lo mismo que había dicho mamá antes de largarse. Agarré a Jas con fuerza de la mano, acordándome de la cometa de la playa de Saint Bees y de cómo tiraba del hilo y se retorcía, tratando de liberarse. Metí mis dedos entre los suyos y la sujeté fuerte. Le dije *Las cosas van a cambiar* y ella dijo *Pero cómo* y yo le dije *No te preocupes. Tengo un plan.*

Antes de que pudiera contarle lo del Mayor Concurso de Talentos de Gran Bretaña, agarró su bolso y lo abrió. *Toma* me dijo, pasándome un bote metálico. *Para tu camiseta. Para que no te la tengas que quitar.* Desodorante en spray. Me acordé del chico del partido que olía como un hombre y me lo eché por todo el cuerpo. *Mejor* le pregunté. *Mucho mejor* me respondió, con la mínima expresión de una sonrisa. *Estabas empezando de verdad a oler mal.*


Lo primero que hizo la señora Farmer al entrar en la clase fue llevar a los ángeles de los futbolistas volando una nube más arriba. Como el ángel de Daniel lo habían reciclado, su nombre lo escribió en post-it y lo pegó en la nube número uno. Sunya estaba intentando atraer mi atención pero yo no la miré. Después de lo que me había hecho Daniel, tenía miedo de que se le volvieran a cruzar los cables.

Mi ángel subió dos nubes porque yo había metido el gol de la victoria así que ahora estoy en la número tres. La señora Farmer dijo *Poneos de pie* y eso hicimos y dijo *Ahora estáis todos un paso más cerca del Cielo* mientras todos aplaudíamos. Me miró de un modo raro, pero luego sacudió la cabeza y decidió no decir nada. Tengo el ojo todo verde y negro y cuajadito de heridas.

En el desayuno cuando Jas me dijo *Qué te ha pasado en la cara* lo único que le dije fue *Me dieron un codazo en el partido.* Me habría gustado contarle lo de Daniel, pero todavía parecía triste y pensé que ya tenía bastantes preocupaciones. Pensé que a lo mejor papá me preguntaba por el resultado del partido pero estaba escuchando la radio con el ceño fruncido. Jas levantó la vista de su ordenador portátil. *No me encuentro bien* murmuró y se volvió a la cama. Mientras salía por la puerta alcancé a ver su horóscopo en la pantalla. Decía *Prepárate para una gran sorpresa*, y seguro que Jas al verlo se había puesto histérica.

Sunya se pasó toda la clase de Geografía intentando hablar conmigo del partido. Que si mi gol era el mejor que había visto en su vida, incluyendo todo el fútbol que ponen en la tele, y que si ella sabía que lo iba a hacer fenomenal porque yo era Spiderman. Pero nunca me había sentido menos Spiderman que en aquel momento, con el cuerpo doliéndome por debajo de la camiseta y aquellas mangas que me quedaban tan flojas por los brazos. Y cuando me dijo que pensaba que el Director me iba a hacer capitán en el próximo partido, le dije que se callara. Me dijo *Cómo dices* y le dije *Tú no sabes nada de fútbol*. Sus ojos redondos se convirtieron en dos rayas y los labios se le apretaron en una línea finita, como si se los hubieran dibujado con un lápiz muy afilado.

No me dirigió la palabra en toda la clase de Literatura y tampoco aplaudió en la Asamblea cuando el Director anunció que yo era el Héroe del Partido. Tenía que haber sido el mejor momento de mi vida pero me sentí como Dominic el de mi colegio de Londres. Dominic era discapacitado y cada vez que hacía algo, incluso si escribía su nombre con letras grandes de palo, todo el mundo se ponía *Hala* y *Qué bárbaro* como si acabara de escribir un libro o algo. Cuando el Director habló de mi gol, fue exactamente así como me sentí, como que aquello tampoco habría sido nada del otro mundo si lo llega a hacer cualquier otro pero era la repera que lo hubiese hecho aquel niño pelirrojo tan raro al que todos ellos creían demasiado retrasado para jugar al fútbol.

A la hora del recreo me dirigí a nuestro banco. No esperaba encontrar en él a Sunya. Pensaba que estaría demasiado enfadada. Pero allí estaba, con la nariz levantada y dando golpecitos con el pie en el suelo. Tenía los ojos tan negros como el hiyab que llevaba en la cabeza y tres de sus pelos brillantes flotaban al viento. Me dijo *Estoy haciendo como si no existieras*, y yo le dije *Entonces por qué me estás hablando*, y ella dijo *Sólo quiero que sepas que no te pienso hablar en todo el día.* Así que le dije *Pero yo lo siento muchísimo*, y ella dijo *Como debe ser*, y yo dije *Creía que no me hablabas*, y entonces me pegó en la pierna. No debería haberme dolido tanto como me dolió pero se me escapó un taco y me agarré el muslo con las dos manos. Entonces Sunya me miró desde la pierna al ojo, pasando por las heridas de las manos, y abrió la boca un palmo. Se levantó de un salto y dijo *Ven*. Su velo se balanceaba de un lado para otro y sus pulseras tintineaban al bajar por una cuesta que yo no había visto antes. Llevaba a un cobertizo verde que había más abajo de la escuela.

*Dónde estamos* le pregunté a Sunya mientras ella miraba alrededor y luego hacía girar el picaporte de una puerta secreta. La seguí adentro, parpadeando unas cuantas veces hasta que se me acostumbraron los ojos a la oscuridad. El cuarto olía como a telarañas y a humedad. *Éste es el almacén de la clase de deportes* dijo cerrando la puerta y se sentó sobre una pelota grande. *Yo solía esconderme aquí cuando todo el mundo me llamaba Virus del Curry.* Yo no sabía qué decir así que cogí una pelota de tenis y la boté contra el suelo. Ella se inclinó hacia delante y la sujetó. *Qué te ha pasado, Jamie.* Yo intenté reírme pero sonaba a falso. Ella esperó a que parara y luego susurró *Qué te han hecho.*

Se me agolpó toda la sangre en la cara y me latían las heridas. Me habría gustado contárselo pero me daba demasiada vergüenza. La señora gorda del comedor tocó el silbato y me volví hacia la puerta. Sunya me cogió la mano. Yo bajé la vista. Quedaban muy bien mis dedos blancos entre los suyos morenos. Se levantó. Estábamos tan cerca que le vi justo encima del labio una peca minúscula que nunca le había visto antes. Me soltó la mano y me metió los dedos por la manga derecha de la camiseta. Le grité *ESTATE QUIETA* pero ella me la remangó, levantándola despacio y con cuidado como si supiera que me dolía el brazo. Y cuando vio la herida que tenía encima del codo, en sus ojos brillantes centellearon lágrimas. *Daniel* me preguntó, y yo asentí con la cabeza.

El silbato volvió a sonar así que no pudimos hablar. Salimos por la puerta sin hacer ruido y trepamos con las manos y los pies la cuesta y llegamos al mismo tiempo que los otros niños sin que nos vieran. Durante Historia y Ciencias, Sunya miraba fijamente a Daniel y yo tuve miedo de que le dijera algo y fuera aún peor. Pero ella debía saber cómo me sentía porque mantuvo la boca cerrada y a la hora de comer volvimos al almacén.

Me gusta estar allí. Es tranquilo y fresco y secreto. Nos sentamos sobre una colchoneta y nos comimos juntos unos sándwiches y le conté lo de la pelea. Se mordió el labio y sacudió la cabeza y maldijo todo lo maldecible. Dijo *Vamos a vengarnos* pero yo dije *Es mejor que te olvides* y ella dijo *Pero te ha llamado gilipollas. Te ha pegado. Tenemos que hacer algo.* Temí que se refiriera a decírselo a algún profesor pero entonces dijo *Mis hermanos le van a partir la cara.* Ella sabe tan bien como yo que los profesores complican las cosas. Me imaginé a Daniel pisoteado por un chico mayor y eso me hizo sentirme bien y mal al mismo tiempo. Quería que se llevara su merecido pero me habría gustado ser lo bastante valiente como para dárselo yo mismo.

Me quedé un momento callado y me comí las migas de mi pan mientras Sunya miraba mi camiseta de

Spiderman. La tocó con la mano y tenía la cara toda pensativa y me di cuenta de que estaba a punto de hacer una pregunta. Y esta vez las palabras como Mamá y Affaire y Papá y Alcohol no me parecieron tan grandes como para no poder sacarlas.

Se lo conté casi todo. Ella no me interrumpió. Sólo escuchaba y asentía. Hablé de las botellas de papá en la basura y de que mamá se había marchado a vivir con Nigel. Le conté cómo había llegado a creer que mamá se había olvidado de mi cumpleaños y lo aliviado que me sentí cuando me llegó el paquete dos días más tarde. En el polvo del suelo del almacén escribí las palabras que mamá había puesto en la posdata de mi tarjeta, y Sunya estuvo de acuerdo en que iba a venir muy pronto. Y cuando le expliqué por qué no podía quitarme la camiseta hasta que mamá hubiera venido, lo comprendió.

Mientras se lo contaba estuve mirando todo el tiempo al cuadrado de luz dorada que rodeaba la puerta secreta. Pero cuando Sunya me dijo aquello la miré a la cara. Me sonrió y yo le sonreí y nos apretamos las manos y un reguero de pólvora me subió zumbando por el brazo. Empezó a llover pero el tamborileo del techo no era tan fuerte como el BUM BUM de mi corazón. Quería verle a Sunya la peca así que me incliné hacia delante y contemplé el punto marrón de encima de su labio. *Es una superstición* dijo y tenía la voz un punto más alta de lo normal. Me acerqué más aún. Su aliento me hacía cosquillas en la cara. *Una superstición* susurró. *Eso es lo que tú tienes.* Yo estaba casi tocándole con la nariz sus tres pelos brillantes cuando le dije *Una super qué* y ella dijo *Como esos jugadores que meten un gol y luego tienen que llevar los mismos calzoncillos sudorosos en todos los partidos para que les traiga suerte.* Y entonces empezamos los dos a reírnos y la peca desapareció porque la risa le estiraba los labios.

De pronto nos dimos cuenta de que nuestras caras estaban demasiado cerca así que me puse de pie y miré a mi alrededor buscando una pelota. Encontré una en un rincón del almacén y le di unas cuantas patadas. Sunya dijo *Cuéntame lo de tu hermana* y le metí a la pelota un golpe demasiado fuerte y se estampó contra la puerta secreta. Dije *Tiene el pelo rosa* y Sunya dijo *Me refería a la otra.*

Sunya es musulmana y los musulmanes mataron a mi hermana. Yo no sabía qué decir. Pensé en mentirle pero me pareció que tampoco estaría bien y deseé que Rose se hubiera ahogado sin más o se hubiera muerto en un incendio porque eso habría sido mucho más fácil de explicar. Y entonces me eché a reír porque era un deseo muy extraño y Sunya se echó a reír conmigo y ya no podíamos parar.

Y en medio de tanta risa conseguí decir aquellas siete palabras. *A mi hermana la mataron los musulmanes.* Y Sunya no puso cara de horror, ni dijo *Cómo lo siento,* ni intentó aparentar que estaba triste como todos los demás cuando se enteraban. Dijo *No tiene gracia, ay no tiene ninguna gracia* pero se reía todavía más, agarrándose la tripa, con las lágrimas saltándosele por las mejillas morenas. Y yo me reía también y los ojos se me humedecieron por primera vez en cinco años. Y me pregunté si no sería a eso a lo que se refería la orientadora cuando dijo *Un día te vendrá de golpe y entonces llorarás.* Aunque, no sé por qué, no creo que se refiriera a llorar de risa.

## 11

Me gusta cómo saben los sobres y he chupado la parte brillante cinco veces antes de pegar la solapa. Me imaginaba a mamá abriendo la carta en casa de Nigel, sus dedos tocando mi saliva seca, y eso me ha hecho sentirme bien. La señora Farmer nos ha explicado que es Muy Importante que nuestro padre y nuestra madre vengan a la Velada de los Padres en diciembre. Ha dicho *Es la última ocasión que van a tener de hablar conmigo antes de que empecéis el instituto el año que viene. Deberíais venir con vuestras madres y traer a rastras a vuestros padres también.*

Yo he cogido dos cartas del montón que había en la clase y le he dado una a papá y le he mandado la otra a mamá. En la parte de arriba de la de ella he escrito una nota con mi mejor letra seguida.

*Nos vemos en la puerta de mi nuevo colegio, la Escuela Primaria de la Iglesia de Inglaterra en Ambleside, el 13 de diciembre a las 3:15 de la tarde. P. D.: No traigas a Nigel.*

Iba a escribir *Llevaré puesta mi camiseta de Spider-*

*man* pero he decidido no decírselo. Quiero que sea una sorpresa. He doblado con mucho cuidado unas hojas que había arrancado de mi cuaderno de dibujo y las he metido también en el sobre. Un dibujo de mí y otro del pez naranja. A mamá le van a encantar.

Cuando he metido la carta dentro del buzón me ha entrado la emoción. Para la Velada de los Padres faltan todavía tres semanas así que mamá tiene tiempo de sobra para pedirle al señor Walker un día libre. No se lo querrá perder. Ella siempre está diciendo que el colegio es muy importante y que si saco buenas notas podré conseguir cualquier cosa que quiera. Dice *Haz el trabajo duro ahora y recogerás los frutos a lo largo de toda tu vida.* Me voy a esforzar de verdad en el colegio hasta el 13 de diciembre para que la señora Farmer tenga un montón de cosas buenas que decirle de mí.

Después de mandar la carta me he sentado en el muro junto al buzón y me he quedado esperando a Sunya. Me he sentido un poco culpable al dejar a papá porque me ha preguntado si quería hacer algo esta mañana. Me ha dicho *Tienes algún plan* y yo por poco me atraganto con los Chocopops. He tosido y he dicho *He quedado* y él ha dicho *Ah* con un tono de decepción que me ha hecho sentirme como si yo estuviera haciendo algo malo. Y la verdad es que lo estaba haciendo, porque pensaba ir a comer con una musulmana, pero eso papá no lo sabía. Ha dicho *Se me había ocurrido que fuéramos a pescar* y Jas se ha atragantado con el té y se ha quemado la lengua. Yo he dicho *Lo siento* y él ha dicho *Bueno, pues estate de vuelta a las cinco que voy a hacer la cena.* Jas se estaba abanicando la lengua con la mano pero seguía con los ojos como platos de la impresión.

Papá ha mejorado mucho desde aquella discusión

que tuvo con Jas. Creo que se ha dado cuenta de que no se ha ocupado gran cosa de nosotros. Sigue bebiendo, pero por las mañanas ya no, y este mes nos ha llevado al colegio cuatro veces. Y ha empezado a preguntarme cómo me van las clases y esas cosas. Aunque no siempre escucha mi respuesta, a mí me gusta contárselo. Cuando le dije que había metido el gol de la victoria en el partido de fútbol me dijo *Tendrías que haberme avisado de que jugabas. Habría ido a verte*, lo cual fue mosqueante y agradable al mismo tiempo. Jas se estaba pintando las uñas cuando lo dijo y se limitó a sacudir la cabeza, me guiñó un ojo y se puso a soplarse las uñas para que se le secaran.

Está bien que papá haya cambiado porque a Jas mi plan le pareció una estupidez. Le dije lo de llamar al Mayor Concurso de Talentos de Gran Bretaña y grabar en el contestador nuestra dirección para que los de la tele nos mandaran información sobre las audiciones. Me dijo *Pero para participar en un Concurso de Talentos hay que tener algún talento* y yo dije *Tú cantas muy bien* y ella dijo *No tan bien como Rose* y eso me dio un montón de rabia porque sencillamente no es verdad. Cuando llegó la información, fui a enseñársela a Jas. Le señalé la fecha, el 5 de enero, y el lugar más cercano en el que se hacían las audiciones, el Teatro Palace de Mánchester. Me dijo *No vuelvas a empezar con eso* y yo le dije *Pero es que nos puede cambiar la vida* y ella dijo *Deja de decir chorradas* y *Sal de mi cuarto*.

Vi a Sunya antes de que ella me viera a mí. Iba corriendo por la colina abajo hacia correos. El hiyab flotaba detrás de ella y parecía de verdad una superheroína que pasaba volando por los aires. El viernes pasado, en Matemáticas, le pregunté a Sunya si alguna vez se quita el hiyab y ella soltó una carcajada. *Sólo me lo pongo cuando salgo de casa o si viene gente a vernos.* Dije *Por qué tienes que taparte* y ella dijo *Porque lo dice el Corán.* Y yo dije *Qué es el Corán* y ella dijo *Es más o menos como la Biblia.* Y eso es lo que pasa con los cristianos y los musulmanes, que los dos tienen un Dios y los dos tienen un libro. Sólo que no los llaman de la misma forma.

Sunya corrió hacia el buzón y me agarró del brazo y fue tirando de mí colina arriba, hablando sin parar. Yo estaba muerto de nervios. Nunca había estado dentro de una casa musulmana. Me preocupaba que oliera a curry como decía papá en Londres. Temía que su familia se pusiera a hablar y a rezar en una lengua diferente. Y me daba miedo que el padre de Sunya pudiera estar fabricando bombas en su dormitorio. Eso es lo que decía papá que hacen todos los musulmanes. Y aunque me sorprendería que el padre de Sunya fuera un terrorista, papá me había dicho que nunca puede uno estar seguro y que hasta los que más cara de inocentes tienen llevan bombas escondidas en el turbante.

Cuando cruzamos la puerta un perro se acercó a Sunya dando saltos. Era blanco y negro y tenía las orejas largas y la nariz húmeda y una cola diminuta que se movía como loca. El perro Sammy no parecía un perro cristiano ni un perro musulmán. Suspiré aliviado. Era un perro normal. Igual que todo lo demás. La casa de Sunya no era distinta de la mía. En el salón había un sofá de color crema y una agradable alfombra y en la chimenea una repisa sobre la que había todo lo que debía haber: fotos y velas y jarrones llenos de flores, no hermanas. La única cosa musulmana que había en todo el salón era una foto de edificios fantásticos con cúpulas y minaretes. Sunya dijo que era un lugar sagrado que se llama La Meca y yo me reí porque así se llamaba el bingo que había en la acera de enfrente de nuestro piso de Finsbury Park.

La cocina era lo más interesante. Yo esperaba que oliera a especias y que hubiera un montón de ensaladeras llenas de verduras exóticas. Pero era igual que nuestra cocina sólo que más agradable porque en ésta había un paquete de Chocopops en el estante pero no había botellas de alcohol y el cubo no olía más que a basura.

La madre de Sunya nos hizo un batido de chocolate y me puso en el vaso una pajita curvada. Llevaba un velo azul y tenía los mismos ojos brillantes que Sunya pero con la piel más clara y los gestos más lentos. Más seria. Sunya gesticula muy rápido. Cambia de cara diez veces por minuto. Abre los ojos y los cierra con todas sus fuerzas y su peca salta de aquí para allá y mueve las cejas al hablar. La madre de Sunya es tranquila y amable e inteligente. Tiene un acento fuerte, no como Sunya, y mi nombre suena distinto cuando lo dice ella. No parece el tipo de mujer que se casaría con un terrorista, pero nunca se sabe.

Nos tomamos los batidos en el cuarto de Sunya. Teníamos sed porque habíamos estado saltando de la cama al suelo para ver quién lograba mantenerse más tiempo en el aire. Yo como soy Spiderman tenía que llegar al techo y tratar de quedarme ahí agarrado el mayor tiempo posible. Y Sunya como es la Chica M tenía que aletear con el hiyab para sostenerse en el aire por encima de la alfombra. Al final quedamos empatados.

Del velo rosa de Sunya se salió un mechón entero de pelo, que es lo más que le he visto hasta ahora. Era fuerte y brillante y más bonito que todas esas melenas de esos anuncios de champú en los que las mujeres salen moviendo la cabeza de un lado para otro. Y le dije que era triste que el Corán le hiciera taparse el pelo como si fuera una cosa mala. Sunya sorbió el último trago de su batido de chocolate y dijo *No me lo tapo porque sea una cosa mala. Me lo tapo porque es una cosa buena.* Eso resultaba desconcertante así que me quedé callado haciendo una pompa de chocolate. Sunya dejó su vaso y dijo *Mi madre guarda su pelo para mi padre. No se lo deja ver a ningún otro hombre. Así es más especial* y yo pregunté *Como un regalo* y ella dijo *Eso.* Pensé en cuánto mejor habría sido que mamá hubiera guardado su pelo para papá en lugar de enseñárselo a Nigel, y dije *Comprendo.*

Sunya sonrió y yo sonreí y estaba preguntándome qué hacer con nuestras manos cuando su madre entró en el cuarto con unos sándwiches. Algunos eran de queso y otros de pavo y estaban cortados en triángulos, pero no fui capaz de comérmelos. Siempre he odiado el juego de Pasa el Paquete porque como la música nunca se para cuando lo tengo yo no me toca nunca abrirlo. Y el velo de Sunya era idéntico al papel de envolver rosa y me imaginé que también ella desaparecía, brillante y chispeante y perfecta, antes de que yo pudiera echar un vistazo a lo que había dentro del envoltorio.

Sunya tenía la boca llena de pan así que al principio no entendí lo que estaba diciendo. Pero luego se lo tragó y me preguntó *Echas de menos a Rose* y era la primera vez que hablábamos de ella desde lo de hacía nueve días en el almacén. Asentí y abrí la boca y estaba a punto de decir *Sí* como un robot. Pero entonces me di cuenta de que nadie me había hecho nunca esa pregunta. Siempre era *Tienes que echar mucho de menos a Rose* o *Me imagino cuánto echarás de menos a Rose,*

111

pero nunca me preguntaban SI echaba de menos a Rose, como si hubiera elección. Así que paré de asentir y cambié la palabra que tenía preparada en la garganta y dije *No*. Luego sonreí porque no había ocurrido nada malo y el cielo no se había desplomado sobre nuestras cabezas y Sunya ni siquiera parecía sorprendida. Lo repetí. Más alto esta vez. *No*. Y luego, sintiéndome más valiente, miré a mi alrededor y añadí una cosa más. *No echo de menos a Rose ni un poquito*.

Sunya dijo *Yo tampoco echo de menos a mi conejo Patch* y yo dije *Cuándo murió* y Sunya dijo *Se lo comió un zorro hace dos años*. Y yo dije *Qué edad tiene Sammy* y ella dijo *Dos años. Me lo compró mi padre cuando murió Patch porque sabía que yo iba a estar muy triste*. Y aquello no parecía el tipo de cosa que haría un terrorista, y cuando pasé por delante del dormitorio de sus padres para ir al cuarto de baño, tampoco allí había ni rastro de una bomba.

Después de comer trepamos a los árboles y nos sentamos en las ramas que se agitaban al viento. Las hojas hacían remolinos en el jardín y las nubes corrían por el cielo y todo daba la misma sensación de frescura y libertad que si la tierra fuera un gran perro que saca la cabeza por la ventanilla de un coche a toda marcha. Le pregunté a Sunya si su padre era inglés y me dijo *Nació en Bangladés* y yo dije *Dónde está eso* y ella dijo *Cerca de la India*. No soy capaz de imaginarme un lugar así. Lo más lejos que he estado ha sido la Costa del Sol española, que aunque hace más calor que en Inglaterra tampoco es tan diferente. Hay cafeterías donde sirven Desayuno Inglés Completo y tomé salchichas con ketchup toditas las mañanas durante dos semanas. Así que pregunté *Cómo es* y ella dijo *No tengo ni idea pero mi padre prefiere vivir aquí* y yo dije *Por qué se vino* y ella dijo *Mi abuelo había venido en 1974 a buscar trabajo en Londres.* Eso sí que era irse lejos a buscar trabajo. *No podría haber ido a la Oficina de Empleo de Bangladés* le pregunté y Sunya no hacía más que reírse. De pronto me entraron ganas de saberlo todo de ella. Las preguntas que tenía en el cerebro se me agolparon en la boca y la primera que salió fue *Y cómo vino a parar tu familia al Distrito de los Lagos.* Sunya balanceaba las piernas por debajo de la rama mientras hablaba. *Mi abuelo quería que mi padre se esforzara y que no se metiera en líos y que estudiara Medicina lo más lejos posible de Londres. Lo mandó a Lancaster y allí conoció a mi madre y se casaron y se vinieron aquí. Fue amor a primera vista* añadió volviéndose a mirarme, las piernas quietas de pronto. Todas las preguntas que quería hacerle se evaporaron de mi cerebro como el vapor que hemos estudiado en Ciencias. *Amor a primera vista* repetí y Sunya asintió, y luego sonrió, antes de saltar del árbol al suelo.

Tuve buen cuidado de llegar a casa antes de las cinco. Cuando entré, Roger salió corriendo como si estuviera detrás de la puerta esperando a que alguien se la abriera. El recibidor estaba lleno de un humo espeso. *Espero que te guste crujiente* dijo papá al verme entrar en la cocina. Había puesto la mesa y había encendido una vela y Jas estaba ya allí sentada con un peinado todo elegante y una sonrisa enorme en la cara. Yo no me lo podía creer. Papá había hecho la cena en el horno y no me importó lo más mínimo que el pollo estuviera todo negro por arriba.

Las patatas asadas estaban demasiado grasientas y la salsa estaba demasiado salada y las verduras estaban pasadas pero me comí hasta la última migaja del plato para compensar el hecho de que Jas no había probado el suyo. Me habría terminado también todos los buñuelos del rosbif si hubiera conseguido despegarlos de la bandeja del horno. Lo estábamos pasando muy bien y hasta estábamos conversando por una vez cuando papá se puso a hablar de Sunya. *Sabías que Jamie tiene una novia* preguntó. Jas dio un respingo y a mí el estómago me dio un vuelco. *No será verdad* chilló ella y yo me puse rojo. *Habrá sido el desodorante* se rió luego. *Eso ha sido.* Papá le guiñó a Jas un ojo. *Se llama Sonya y parece una chica muy maja. Amor de juventud*, bromeó, y yo dije *Papáááá* en un tono de dignidad herida que tampoco pretendía hacerle callar.

Jas se aclaró la garganta. Yo sabía lo que iba a decir y hundí la cara en mi pata de pollo como habría hecho Sammy el perro. Dijo *Pues ya que hablamos de eso, hay una cosa que tengo que decirte.* A papá se le cayó el tenedor. *Yo tengo novio.*

Papá clavó la vista en la mesa. Jas cortó una zanahoria en trocitos minúsculos. Yo metí los dedos en la salsa de mi plato. Justo me los estaba chupando cuando papá dijo *Pues vale* sin levantar la vista. Y Jas preguntó *Vale* y papá suspiró *Vale* y como me estaba sintiendo excluido yo también lo dije. Pero nadie me oyó porque Jas se había levantado de un salto y le estaba dando a papá el primer abrazo que yo haya visto. Y Jas estaba toda colorada y con cara de contenta, pero papá seguía tenso y con una tristeza que yo no podía entender.

Jas se puso a cantar mientras fregaba. Yo paré de secar los platos y la miré a los ojos. *Cantas bien de verdad.* Me respondió *No me pienso apuntar a esa chorrada de concurso* y yo le dije *Ya lo sé* y ella dijo *Cuéntame lo de esa novia que tienes.* Pensé en el lunar de Sunya y en su pelo brillante y sus ojos chispeantes y sus labios sonrientes y sus dedos morenos y sin poder contenerme dije *Es muy guapa.* Jas hizo como que vomitaba en el fregadero así que yo le limpié la boca con el trapo de secar y nos echamos a reír. Papá vino a la cocina a recoger los cacharros y a regañarnos por hacer el bobo. Éramos como una familia normal y por una vez no eché de menos a mamá. El león de estrellas nos contemplaba por la ventana de nuestra casa de campo. Puede que en realidad fuera Roger, pero el caso es que me pareció oírle ronronear.

# 12

Por encima de nuestra casa había miles de estrellas y ninguna nube, y la luna estaba bien gorda. Parecía un plato de leche y se la enseñé a Roger. Me había seguido afuera y estaba sentado en mi regazo, contemplando el cielo con sus inteligentes ojos verdes. Ni él ni yo podíamos dormir y me alegré de tenerlo allí haciéndome compañía. Mis dedos estaban calentitos entre su pelo y notaba el latido de su corazón contra mis piernas. La noche olía a frío y a secreto igual que el almacén del colegio y me pregunté si Sunya estaría durmiendo bajo el edredón azul que había visto hacía dos días en su cuarto. Y luego me sentí culpable por pensar en ella así que sacudí la cabeza y pestañeé tres veces y me quedé mirando el estanque, recordando las normas escritas en una piedra que Dios le había tirado a aquel tipo raro llamado Moisés.

Hoy la señora Farmer ha dicho que si queremos ir al Cielo, tenemos que cumplir los Diez Mandamientos. Ha dicho *Dios se los dio a Moisés grabados en una piedra en lo alto de un monte y son las normas según las que debemos vivir todos.* Al principio yo no estaba escuchando porque para ser sincero eso del Cielo tampoco me suena tan bien. Por lo que yo sé está lleno de ángeles cantando villancicos y todo es un pelín demasiado brillante así que tendré que asegurarme de que me entierren con gafas de sol. Pero entonces la señora Farmer dijo *El mandamiento más importante es el número cuatro: Honrarás a tu padre y a tu madre*, y de golpe me sentí fatal. Andar tomándose sándwiches triangulares con una musulmana es no honrar a papá en absoluto.

Se oyó un tintineo de pulseras y Sunya levantó la mano. *Qué pasa si no cumples las normas* dijo antes de que la señora Farmer le diera permiso para hablar. *No interrumpas* dijo la profesora. *Pero vas al infierno* siguió preguntando Sunya, con los ojos muy abiertos. *Y vive allí el demonio.* La señora Farmer se puso pálida y se cruzó de brazos. Echó una mirada rápida a las nubes del mural y otra a Daniel. Daniel se quedó mirando a Sunya como si no se pudiera creer que fuera a sacar aquello otra vez. Ella no le hizo caso y se rascó la sien. *Y cómo es el demonio* preguntó en tono suave y toda la clase se echó a reír. Sunya no sonrió siquiera. Seguía con los ojos redondos y gesto de curiosidad. La boca de Daniel era una gran O negra en mitad de su cara roja. *Ya es suficiente* dijo la señora Farmer, y sus palabras sonaron extrañas porque salían de los minúsculos agujeros que le quedaban entre los dientes apretados y me recordaron a cuando se ralla el queso. *Seguimos con el resto de los mandamientos.*

Sunya me guiñó el ojo y yo se lo guiñé a ella pero el mandamiento número cuatro me hizo sentirme culpable. *Honrarás a tu padre y a tu madre.* Eso fue lo que dijo Dios. Y ahí estaba yo guiñándole el ojo a una musulmana, como si no pasara nada por hacer una cosa que a papá le parecería fatal. De pronto me di cuenta de que daba igual que mi ángel saltara de nube en nube y llegara a lo más alto del mural de la clase. Si el Cielo que había era de verdad y no recortado en cartulina dorada, yo no iba a poder ir porque estaba desobedeciendo un mandamiento. Y a saber por qué, eso me hizo pensar en Rose. No sé dónde estará su alma, pero si está en el Cielo, estoy seguro de que se sentirá muy sola. Me imaginé al fantasma de Rose todo solitario posado en una nube blanca, sin clavícula ni dedos del pie, ni familia ni amigos. No podía quitarme esa imagen de la cabeza y me quedé con un mal cuerpo que me duró todo el día y luego no me dejó dormir.

Los arbustos susurraron y Roger saltó de mi regazo y se escabulló hacia la noche, rozando con la tripa la hierba larga. Yo me incliné sobre el estanque y traté de encontrar mi pez entre el agua plateada. Estaba escondido debajo de un nenúfar y totalmente solo así que lo acaricié. Nadó hacia mis dedos y me los mordisqueó como si fueran comida. Me pregunté dónde se habrían metido sus padres. Puede que se hubieran quedado en algún río o en el mar. O puede que el estanque fuera una especie de Cielo de los Peces y que el resto de su familia aún no hubiera muerto. Y aunque sabía que eso era imposible, me entró una tristeza tan grande por mi pez solitario que me pasé horas haciéndole compañía y probablemente me habría quedado ahí toda la noche si no hubiera empezado a chillar un conejo.

Me tapé las orejas con las manos y cerré los ojos todo lo fuerte que pude pero resultaba difícil no oír aquel chillido. Al instante siguiente, Roger estaba a mi lado frotándome la cabeza contra el codo, y había dejado a mis pies un conejo muerto. Yo no quería mirarlo pero no pude evitarlo, como cuando alguien tiene restos de comida o una marca de nacimiento en la cara y te lo quedas mirando sin querer. El conejo era sólo un bebé. Tenía el cuerpo minúsculo y el pelo todo esponjoso y las orejas que parecían nuevas. Intenté tocarle la nariz pero cada vez que le rozaba con el dedo los bigotes, el cuerpo se me echaba para atrás como si me hubiera electrocutado. Yo no quería dejar el conejo allí pero tampoco era capaz de tocarlo así que al final encontré dos ramitas y las usé como palillos chinos. Agarré el conejo por una oreja y lo llevé lejos del estanque y lo dejé caer en los matorrales. Lo cubrí con hierba, con hojas, con todo lo que pude encontrar. Roger ronroneaba a mi lado como si me acabara de hacer un favor.

Me puse en cuclillas y le miré a los ojos y le dije el quinto mandamiento. *No matarás*. Roger ronroneó todavía más fuerte, con la cola levantada de orgullo. No se estaba enterando y me enfadé con él. Le dejé volver a entrar en casa pero le cerré la puerta de mi cuarto en la cara y luego intenté dormir. Por primera vez en mi vida, soñé con Rose.


La señora Farmer ha pegado los Diez Mandamientos en la pared de enfrente de mi sitio. Aunque quisiera olvidarme del cuarto, no podría. Es como tener los ojos de papá clavados en el mural, observándome.

Al principio de Matemáticas, Sunya no paraba de susurrar *Qué te pasa* y yo de decirle *Nada* pero no era capaz de mirarla sin acordarme de Rose. Al final dijo *Bueno pues da igual* y me preguntó si se me había ocurrido alguna otra idea para la venganza. A los hermanos de Sunya no les parece bien darle una paliza a un niño de diez años así que necesitábamos un plan nuevo. Ella se muere de ganas de darle su merecido a Daniel pero yo prefiero no hacer nada. No para de decirme *Como dejes que se salga con la suya te va a volver a hacer lo mismo* pero yo no creo que eso sea verdad. A Daniel le gusta ganar y ahora que ya ha ganado ha perdido el interés. Lleva siglos sin meterse conmigo. No me ha dado patadas ni puñetazos ni me ha llamado *Gilipollas* desde hace días. Se acabó, y yo he perdido y está bien así.

Bueno, tampoco es que esté bien pero como no puedo ganar prefiero saber perder. En Wimbledon hay un tenista que llega muchas veces a la final pero nunca consigue el trofeo. La gente dice cosas como *Es un caballero* y *Cuánta deportividad* porque lo único que hace es sonreír y encogerse de hombros y aceptar que ha quedado segundo. Así que eso es lo que estoy haciendo yo porque si intento ganar a Daniel además de que volvería a perder me partiría la cara.

En mitad de Matemáticas la señora Farmer ha dicho que tenía una cosa Muy Importante que explicarnos. Los pelos de la verruga le vibraban y tenía la barbilla toda temblorosa. *Van a venir los de la Ofsted* dijo y miró hacia la puerta como si estuvieran a punto de echarla abajo. Lo de Ofsted sonaba como a ejército o algo así, y ya estaba yo preguntándome si vendrían armados cuando la señora Farmer dijo *Son inspectores*. Daniel levantó la mano y dijo *Mi padre es inspector jefe de la policía*. La señora Farmer dijo *Basta ya de presumir* y Sunya se rió en alto a propósito. La señora Farmer dijo *Estos inspectores no son de la policía. Son unos hombres y unas mujeres especiales que examinan las escuelas y les ponen una nota... Excelente, Notable, Satisfactorio y Deficiente*. La cara se le iba poniendo cada vez más blanca y hasta los ojos descoloridos daba la impresión de que se le estaban borrando. *Van a venir la semana que viene a ver cómo os doy clase y es Muy Importante que los Inspectores vean lo bien que trabajamos todos. Es Muy Importante que os comportéis como niños y niñas buenos. Puede que os hagan alguna pregunta y es Muy Importante que seáis educados y listos y que digáis cosas buenas de nuestra clase.* Sunya sonrió de oreja a oreja. Yo sabía exactamente lo que estaba pensando. Me dieron ganas de devolverle la sonrisa, pero no lo hice.

En el recreo me pasé doce minutos en los lavabos para honrar a papá. Metí las manos debajo del secamanos, haciendo que era un monstruo que escupía fuego. Las manos se me estaban quemando y las llamas estaban al rojo vivo pero yo era lo bastante duro para soportarlo y ni siquiera grité. Era un buen juego pero no tan bueno como estar sentado en el banco o colarse por la puerta secreta con Sunya. Pero eso ya no puedo volver a hacerlo. Por si acaso existe el Cielo y Rose está allí sola, necesito que Dios me deje entrar a mí también. Y para eso tengo que cumplir los Diez Mandamientos. Todos ellos. El cuarto incluido.


Han pasado dos días desde la última vez que hablé con Sunya. Papá nos ha llevado al colegio y nos ha hecho la cena todos los días desde el día del pollo asado así que creo que yo estoy haciendo lo que tengo que hacer. Aun así resulta difícil y se me encogió el estómago cuando encontré el anillo de Blue-Tack en mi taquilla. Debería resultar más fácil ahora que ya no somos amigos, pero era mejor cuando ella no paraba de preguntarme *Qué te pasa* y *Por qué estás tan raro*. Por lo menos entonces podía oír su voz.

Me siento como uno de esos drogadictos de las películas que no hacen más que pensar en pastillas y cuanto menos las tienen más las quieren hasta que se les va la olla del todo y atracan un supermercado para conseguir el dinero. No estoy diciendo que yo vaya a atracar el puesto de chucherías del colegio ni nada parecido. No creo que Sunya quisiera volver a ser mi amiga ni aunque le regalara todo el chocolate que hay en el armario de la conserjería, que es donde ponen el puesto de chucherías durante los recreos de los miércoles y los viernes.

Leo ha venido esta noche a cenar. Papá ha hecho pizza. Eran unas pizzas de la tienda pero les ha puesto por encima trocitos de jamón y una lata de piña para que fueran tropicales. Eso lo solía hacer mamá. Mientras comíamos no ha habido mucha conversación. Papá hacía como si Leo no estuviera y Leo parecía nervioso y estoy seguro de que Jas también se sentía incómoda porque no paraba de preguntarme cosas que ya me había preguntado antes. Me dijo *Y qué tal va ese fútbol*, aunque ya le dije la semana pasada que no hay ningún partido hasta después de Navidades. Y luego dijo *Cómo es el director de tu colegio*, pero ella lo sabe mejor que yo porque ha hablado con él por teléfono. Yo le iba respondiendo a todo lo mejor que se me ocurría. Se notaba que se moría de ganas de oír algo que no fuera el sonido grimoso de los cuchillos en los platos y los suspiros de papá por el pelo verde de Leo.

Después de la cena, Leo no paró de decir *Gracias* y *Estaba estupendo, estupendo de verdad* como si acabáramos de darle un banquete en lugar de unas pizzas del supermercado. Y papá gruñó algo que no logré oír y me dio bastante rabia porque según la abuela *Ser educado no cuesta nada*. Jas cogió a Leo de la mano y a papá se le salieron los ojos de las órbitas cuando la vio tirar de él hacia la escalera. Dijo *De eso nada* y señaló hacia el salón. A Jas se le puso la cara como uno de esos tomates que dan en el Desayuno Inglés Completo en España. Me dio pena pero como me estaba esforzando en respetar el cuarto mandamiento no dije ni pío y fui a ayudar a papá a fregar los platos. Se había puesto a restregarlo todo con todas sus fuerzas y las burbujas se salían del fregadero. Me habría gustado preguntarle por qué estaba enfadado pero no me atreví. Lo que hice en cambio fue contarle lo de Moisés y la piedra, pero antes de que hubiera terminado dio media vuelta y se fue a coger una cerveza.

# 13

Anoche soñé con Sunya. Yo no paraba de pedirle que me dejara verle el pelo y trataba de tocarle el hiyab pero ella me esquivaba y se lo enrollaba alrededor de la cabeza. Yo se lo pedía otra vez. Y otra. Le rogaba y le rogaba cada vez más desesperado, pero cuanto más le pedía que se lo quitara más se lo cerraba ella y más pequeña se le hacía la cara hasta que la tuvo toda tapada menos uno de los ojos. Ese ojo no chispeaba, lo único que hacía era mirarme y remirarme y luego se convirtió en una boca que decía *Vuélvete a Londres*. Cuando me desperté tenía el cuerpo sudoroso y el pelo todo pegado y echaba tanto de menos a Sunya que me dolía el corazón.

En el coche de camino al colegio, papá se puso a decir que *No* y Jas estaba enfurruñada. No paraba de repetir *Pero si tú me dijiste que Vale* y papá dijo *A que tengas novio pero no a que andéis saliendo por ahí.* Ella dijo *Sólo queremos ir al cine* y él dijo *Leo lleva el pelo verde.* Y Jas dijo *Y qué* y papá dijo *Que me parece un poco raro* y Jas replicó *Pues no lo es* y yo estaba de acuerdo pero mantuve la boca cerrada. Papá dijo *Los chicos que se tiñen el pelo son un poco...* y luego se detuvo. Jas le lanzó una mirada furibunda. *Son un poco QUÉ exactamente* gritó y yo recé para que Dios le tirara a papá otra piedra que lo dejara sin conocimiento para que se callara. *Son un poco afeminados* y ella dijo *Quieres decir GAYS* y papá le respondió *Tú lo has dicho, no yo.*

Entonces hubo un silencio que se alargó y se alargó hasta que Jas dijo *Para el coche.* Y papá dijo *No digas tonterías* y Jas gritó *Para el puñetero coche.* Papá lo paró y le tocaron el claxon. Jas se bajó de un salto. Cerró la puerta de un portazo y ella lloraba y papá gritaba y los cristales se estaban empañando. Volvieron a tocar el claxon. Papá miró por el retrovisor y dijo *No vengas a decirme lo que tengo que hacer en mi propio país.* Limpié el cristal para mirar hacia atrás y vi a Sunya en el coche con su madre. Papá arrancó demasiado rápido dejando a Jas allí bajo la lluvia y empezó dale que te pego con que si los pakistaníes esos no trabajan y se pasan el día sentados en su casa viviendo del dinero del gobierno para luego volar por los aires el país que los está manteniendo.

Y de golpe, mientras papá daba un volantazo para esquivar una oveja que estaba pastando a un lado de la carretera, el octavo mandamiento resonó en mi cabeza. *No levantarás falso testimonio contra tu prójimo.* Ayer cuando la señora Farmer nos preguntó qué significaba eso Daniel levantó la mano y dijo *Que no hay que contar mentiras sobre tus vecinos.*

Me puse derecho en mi asiento. *No hay que contar mentiras.* El corazón se me aceleró. *Sobre tus vecinos.* Empezó a sonar la radio y aunque la música estaba bastante alta yo no oía más que las mentiras que iba soltando papá. *Los musulmanes son todos unos asesinos. No se molestan ni en aprender inglés. Fabrican bombas en sus dormitorios.* De pronto el corazón se me paró. Papá estaba Levantando Falso Testimonio. Y Sunya vive a sólo dos millas. Así que papá está desobedeciendo el mandamiento porque lo que significa es *Que no hay que contar mentiras sobre tus vecinos* y no *Que no hay que contar mentiras sobre tus vecinos de la puerta de al lado,* que ya sería otra cosa.

El coche se detuvo a la puerta del colegio y papá dijo *Venga, te bajas* y yo asentí con la cabeza pero mi cuerpo no se movía. Papá estaba Levantando Falso Testimonio. *Date prisa* me soltó, mientras contemplaba cómo los limpiaparabrisas empujaban el agua de un lado para otro. Me desabroché el cinturón de seguridad. Salí con esfuerzo del coche. Papá arrancó sin decirme ni adiós. Mientras su coche se alejaba por la calle abajo, levanté hacia el cielo el dedo corazón. Llevaba en él no uno sino dos anillos, la piedra blanca y la marrón casi tocándose. Renegué de Dios y de Moisés. Luego incliné el dedo hacia abajo y renegué de mi padre y desobedecí el cuarto mandamiento y me sentí mejor. El coche desapareció al volver una esquina mientras yo entraba corriendo en el colegio a buscar a Sunya.


La señora Farmer dijo *Como se acercan las Navidades, vamos a empezar a trabajar en el nacimiento de Jesús.* Todos se quejaron y yo me di cuenta de que este colegio era igual que el anterior. En Londres hacíamos lo de Jesús todos los diciembres y representábamos el Nacimiento para los padres y las madres, que debían de estar hartos de ver lo mismo una y otra vez. Hasta entonces yo había sido una oveja y la parte trasera de la mula y la estrella de Belén, pero nunca siquiera una persona. La señora Farmer dijo *Es importante que entendáis el Verdadero Sentido de la Navidad* y yo canturreé en bajo *En el portal de Belén han entrado los ratones y al bueno de San José le han roído los calzones.* Sunya ni siquiera se rió.

La señora Farmer dijo *Vamos a escribir la historia del nacimiento del Señor desde el punto de vista del propio Jesús.* Jesús no habría visto nada más que la tripa de la Virgen por dentro, un montón de paja y unos cuantos pelos de la nariz cuando los pastores se asomaron a su cuna. Pero entonces la señora Farmer dijo *Éste es el trabajo Más Importante de todo el año. Quiero que lo hagáis lo mejor que podáis para poder poneros una buena nota y enseñárselo a vuestras madres y vuestros padres en la Velada de los Padres.* Escribí cuatro páginas antes de que la señora Farmer dijera *Dejad ya el bolígrafo.* A mamá le va a encantar, sobre todo cuando en el interior de la tripa de la Virgen se enciende la luz roja del arcángel Gabriel, que en mi historia es una mujer no vaya a ser que papá lo lea en la Velada de los Padres. Si los chicos que llevan el pelo verde le parecen gays, no sé lo que podría pensar de un hombre con alas.

Arranqué una hoja de mi cuaderno de dibujo y garrapateé una nota para Sunya. Decía *Nos vemos en el almacén a la hora del recreo* y con mis lápices especiales dibujé una cara sonriente con cuernos de demonio. Ella leyó la nota pero no hizo el menor gesto. Cuando nos dejaron salir de la clase corrí rápidamente a la conserjería pero no le puse a la señora Williams la pistola en la sien ni le dije que me diera de inmediato todas las chocolatinas ni nada. Me compré un Crunchie con mi dinero de la abuela y luego salí corriendo y me esfumé por la puerta secreta.

Boté una pelota de tenis cincuenta y una veces antes de comprender que Sunya no iba a venir. Me molestó que se empeñara en seguir enfadada así que abrí el Crunchie y estaba a punto de darle un mordisco cuando me detuve. La boca me salivaba a chorros pero volví a envolver el chocolate y me lo metí en el calcetín porque no tenía bolsillos en el pantalón. En Matemáticas le escribí a Sunya otra nota pidiéndole que nos viéramos en el almacén a la hora de comer. Esta vez puse *Por favor* y *P.D.: Tengo una sorpresa para ti* para ver si así lograba que viniera.

Me comí mis sándwiches sentado sobre una pelota de fútbol. Como no se estaba quieta resultaba difícil mantener el equilibro y se me cayó un trozo de corteza de pan al suelo. Cada vez que algo crujía, y hasta cuando no crujía nada, el corazón se me disparaba y la pierna derecha empezaba a movérseme sola y la boca se me quedaba demasiado seca para tragarme el sándwich. Mantuve los ojos clavados en la grieta de luz de la puerta. Seguía teniendo la esperanza de que se convirtiera en un cuadrado y en él apareciera Sunya, su silueta recortada contra el sol, pero el picaporte no se movió y la puerta siguió cerrada.

Cogí una raqueta de tenis y estampé una pelota contra la pared. Lo volví a hacer. Y otra vez y otra y otra. Cada vez más rápido y más fuerte. El sudor me corría por la espalda y tenía la respiración acelerada cuando noté una palmadita en la espalda y la pelota se me escapó y me dio en toda la cara. Sunya preguntó *Estás bien* y yo sabía que debería dolerme pero lo único que sentía era que estaba feliz de verla.

Asentí con la cabeza y me quité su anillo del dedo corazón. Se lo tendí y ella se lo quedó mirando y mirando sin decir nada durante como un millón de segundos. Así que le dije *Póntelo tú* y ella dijo *O sea que eso era* y yo dije *Eso era qué* y ella sacudió la cabeza y dio media vuelta para marcharse. Ya estaba en la puerta cuando le grité *No te vayas* y ella dijo *Por qué no* y yo dije *La sorpresa*. Me bajé el calcetín y le ofrecí el Crunchie.

Me echó exactamente la misma mirada que le había echado yo a Roger cuando me trajo el ratón muerto. Levantó la nariz, salió como una tromba del almacén y me cerró la puerta en la cara de un portazo. Las paredes retumbaron y todo se puso oscuro. Bajé la vista a mi mano. El Crunchie estaba todo aplastujado y pringoso y tenía trozos de pelusa blanca pegados en el chocolate derretido.

Miré por el almacén buscando algo que regalarle. El único regalo que me pareció interesante fue una jabalina y era demasiado grande para salir con ella sin que me pillara la señora gorda del comedor. Estar en el almacén yo solo no tenía gracia así que salí afuera a la lluvia y una cosa amarilla me llamó la atención. Tuve una idea.

Quedaban diez minutos del recreo de después de comer. Di una vuelta al patio intentando encontrar a Sunya con la nueva sorpresa escondida a la espalda. La vi con Daniel y por una décima de segundo me entraron celos pero entonces me di cuenta de que estaban discutiendo. Preferí no meterme porque no me apetecía llevarme una paliza pero oí a Daniel decir *Virus del curry* y *Hueles mal* antes de irse. Me acerqué a ella con las manos todas sudorosas y el corazón saltándome contra las costillas como el perro Sammy en la puerta de casa de Sunya. Dije *Tachán* y le tendí las flores que acababa de coger. Y aunque la mayor parte eran dientes de león el ramo me había quedado estupendo así que me llevé una sorpresa al ver que se echaba a llorar.

Sunya es fuerte y Sunya es la Chica M y Sunya es la luz del sol y las sonrisas y la chispa. Pero esta Sunya estaba diferente y al perro que daba saltos en mi pecho se le puso la cola para abajo de la pena. *Qué te pasa* le pregunté pero ella no hizo más que sacudir la cabeza. Las lágrimas le corrieron una tras otra por las mejillas y sorbió con la nariz y se mordió el labio tembloroso. Le dije *Las quieres o qué* y me salió demasiado alto, como si estuviera enfadado con ella o algo, cuando en realidad lo único que estaba era rabioso contra Daniel por haberla hecho llorar estropeándome mi sorpresa. Sunya me arrancó las flores de la mano y las tiró al suelo. Luego las pisoteó con todas sus fuerzas y les dio de patadas de forma que los pétalos se esparcieron por todo el patio. *NO quiero tus estúpidas flores ni tu estúpido chocolate* gritó, y yo me quedé sin saber qué hacer porque no se me ocurría nada más que regalarle. Así que le dije *Bueno, y entonces qué quieres* y ella chilló *Que me digas QUE LO SIENTES.*

Entonces la miré, la miré de verdad, y ella me miró a mí con una pena que era grande y profunda y verdadera. Y de golpe pasaron ante mis ojos todas las cosas malas que le había hecho y por mis oídos todas las cosas desagradables que le había dicho. Recordé que había salido corriendo cuando ella me ofreció el anillo. Recordé que le había dicho *Déjame en paz* a la puerta del despacho del Director. Recordé que me había largado en Halloween, que le había dicho *Tú cállate* cuando lo del fútbol, y que la había ignorado sin ningún motivo después de que ella me invitara a su casa. Bueno, tampoco sin ningún motivo. En aquel momento lo que yo pretendía era llegar al Cielo, pero eso tampoco era razón suficiente.

Le cogí la mano y Daniel gritó *Spiderman Mariposo ha agarrado el Virus del Curry* pero yo le ignoré. Dije *Lo siento* desde el fondo del alma y Sunya asintió con la cabeza pero no sonrió.

# 14

Le pregunté a Sunya si quería que la acompañara andando hasta su casa pero me dijo *No gracias*. Volvía a ser mi amiga porque me había pedido prestados mis lápices especiales para dibujar un mapa en Geografía, pero ya no era como antes. Le conté tres chistes incluido uno de los de *Toc-toc, Quién es* más graciosos de toda mi vida y ni siquiera se rió. Y cuando le di el anillo de Blue-Tack en Historia, se lo guardó en el estuche en lugar de ponérselo en el dedo.

Me costó siglos volver a casa. Me parecía que los pies y la mochila me pesaban más de lo normal. Cuando me faltaban dos minutos para llegar Roger salió de un brinco de un matorral así que le dije *Lo siento* a él también. Cazar es lo que hacen los gatos y yo no debería enfadarme con él cuando mata cosas. Me siguió a casa y nos quedamos los dos sentados en el porche mucho rato, yo con la espalda apoyada en la puerta y Roger con la espalda en el suelo y las patas naranjas por el aire. Moví un cordón de los zapatos y se puso a jugar con él y a maullar como si se le hubiera olvidado del todo nuestra discusión. Ojalá las chicas fueran tan simples como los gatos.

Cuando entré, la casa me pareció distinta. Vacía. Oscura. La lluvia corría por los cristales y los radiadores estaban congelados. En la cocina no se estaba guisando nada ni se oyó el *Cómo te ha ido* de papá. Aunque eso no había ocurrido más que unas pocas veces, ya había empezado a acostumbrarme, así que el silencio gris me asustó. Habría querido gritar *Papá* pero me dio miedo que no hubiera respuesta así que me puse a silbar y encendí las luces. Me angustié pensando que igual en la mesa de la cocina había una nota que decía *No puedo seguir con esto*. No la había, pero a papá tampoco se lo veía por ningún lado.

Fue entonces cuando me fijé en la puerta del sótano. Estaba abierta. No mucho. Sólo una rendija. Abajo estaba oscuro. Di al interruptor de la luz. No ocurrió nada. Yo seguía acordándome de Candyman así que cogí un cucharón de madera del cajón de la cocina, por si acaso. Luego me di cuenta de que un cucharón de madera no me iba a servir de gran cosa contra un garfio y fui a cambiarlo por un sacacorchos. Bajé el primer escalón. Los dedos de los pies me dolían de lo frío que estaba el cemento. *Papá* susurré. No hubo respuesta. Bajé el segundo escalón. Entonces vi al fondo del sótano el resplandor amarillo de una linterna. Dije otra vez *Papá. Estás ahí abajo*. Alguien respiraba con fuerza. Empecé a bajar despacio el pie hacia el tercer escalón pero no pude soportarlo por más tiempo y me eché a correr hacia abajo.

Nos habían robado. No había otra explicación. El suelo del sótano ni siquiera se veía de la cantidad de cosas que tenía encima. Fotos y libros y ropa y juguetes y las piernas de papá saliendo de una gran caja. *Cómo han conseguido entrar* le pregunté, frenándome en el

133

último escalón porque no había más sitio donde poner los pies. No había visto ninguna ventana rota. *Quién ha hecho esto.* Papá seguía con medio cuerpo dentro de la caja cuando me di cuenta de lo que estaba escrito por un lado en el cartón. SAGRADO. Papá braceaba dentro de la caja y tanteando con la mano encontró algo. Lo tiró hacia atrás por encima del hombro y cayó al suelo. *Has sido tú* murmuré.

Papá asomó fuera de la caja. Se lo veía pálido a la luz de la linterna y tenía todo el pelo negro de punta. En la camiseta llena de manchas llevaba una chapa que decía Hoy Cumplo Siete Años. *Lo encontré* dijo, agitando un dibujo en el aire. *Es magnífico, verdad.* No era ni siquiera un dibujo, sólo cinco manchas de tinta en un papel arrugado, pero me mordí la lengua y asentí. *Qué pequeñas son, James. Mira lo pequeñas que son.*

Pisé un zapato con hebilla y un vestidito de flores y una vieja tarjeta de cumpleaños a la que le faltaba una chapa. Me incliné para mirar más de cerca. Las manchas de tinta se convirtieron en huellas de manos. Había dos más grandes en las que ponía Mamá y Papá, dos más pequeñas en las que ponía Jas y Rose, y una enana en la que ponía mi nombre. Estaban en un círculo alrededor de un corazón y en el corazón alguien había escrito Feliz Día del Padre. Probablemente mamá, por lo bien escrito que estaba.

Precioso, pero que se pusiera a besarlo ya era un poco demasiado. Papá le plantó un beso a la mano de Jas y luego a la mano de Rose y luego a la mano de Jas otra vez. *Qué nombres tan bonitos* dijo con aquella voz temblorosa que me ponía de los nervios. *Jasmine y Rose.* Acarició las huellas de las manos de las gemelas. *Así es como yo las recuerdo.* Me sentí desconcertado y dije *Jas todavía está viva*, pero papá no me oyó. Se tapó la cara con las manos y sus hombros empezaron a dar sacudidas. Sentí una necesidad urgente de soltar la carcajada porque papá no paraba de soltar unos hipidos altísimos y fortísimos pero me la tragué y traté de pensar en cosas tristes como la guerra y esos niños de África que tienen la tripa hinchada, a pesar de que no comen nada.

Papá estaba diciendo algo pero con tantos mocos y tantas lágrimas que las únicas palabras que logré entender fueron *Siempre* y *Mis niñitas*. Jas es mayor y guapa y rosa y con un piercing y papá se la está perdiendo por desear que se hubiera quedado en los diez años.

La abuela dice *La gente siempre quiere lo que no puede tener* y yo creo que es verdad. Papá quiere que Rose esté viva y que Jas tenga diez años, pero lo que tiene es a mí. Yo tengo la edad que él quiere pero soy chico, Jas es chica pero no tiene la edad que él quiere, Rose es chica y tiene la edad que él quiere. Pero está muerta. *Hay gente que nunca está satisfecha* suele decir también la abuela.

Jas no llegó a casa hasta las once así que tuve que hacer yo todo lo que normalmente hace ella. Limpié el retrete cuando papá se puso malo y lo llevé a acostarse. Cuando vi que se metía en la cama con la felicitación del Día del Padre se me retorcieron las tripas. Se quedó dormido enseguida. La cara entera le vibraba al roncar y le llevé un vaso de agua para luego. Me quedé mirándolo durante cosa de un minuto y luego me fui a mi cuarto y me senté en el alféizar con la información sobre el Mayor Concurso de Talentos de Gran Bretaña. Roger ronroneaba tan fuerte que le notaba la garganta calentita zumbando en mis pies.

En lo alto de la carta ponía *Ven a Mánchester a cam-*

*biar tu vida* y me imaginé a Jas y a mí entrando en el teatro y subiendo al escenario y cantando para el jurado delante de montones de cámaras de televisión. Me imaginé que la cara de mamá estaba entre el público y que a su lado estaba sentado papá y que se agarraban de la mano de lo orgullosos que estaban de nosotros. Se olvidaban de todas sus peleas y se olvidaban de todo lo de Rose y ya no importaba lo más mínimo que Jas hubiera crecido y hubiera cambiado. Después del concurso, Mamá telefoneaba a Nigel y le decía *Te dejo*. Le decía hasta que era un cerdo y todos nos reíamos y nos metíamos en el mismo coche y volvíamos todos a la misma casa. Papá tiraba todo el alcohol que tenía a la basura. Mamá me decía *Te queda estupenda tu camiseta* y yo por fin podía quitármela y ponerme un pijama. Luego me metía en la cama y mamá me arropaba bien con las mantas como solía hacer antes de largarse con el tipo del grupo de apoyo hace ciento sesenta y ocho días.

La señora Farmer entró en la clase con un traje negro que le estaba pequeño. Le colgaba la tripa por encima del borde de los pantalones y la tenía blanca y fofa como la masa de pan. Dijo *Buenos días queridos* y sonaba diferente, demasiado suave y demasiado cariñosa. Dijo *Vamos a despertar esas mentes* y tuvimos que ponernos de pie y hacer con los brazos esos movimientos extraños que hacen trabajar a más no poder distintas partes de nuestro cerebro. Ya me estaba preguntando si a la señora Farmer se le habría aflojado un tornillo cuando entró en la clase un hombre con un portapapeles. La señora Farmer dijo *Éste es el señor Price, de la Ofsted*.

En la pizarra la señora Farmer escribió una cosa llamada Objetivo del Aprendizaje y se puso dale que te pego sobre nuestras metas para esa mañana. Por las miradas que le echaba todo el tiempo al señor Price saltaba a la vista que estaba tratando de impresionarle, pero él no sonrió. Tenía los dedos largos y la barbilla larga y la nariz larga con unas gafas justo en la punta. Estábamos otra vez con lo de Jesús y teníamos que ponernos por parejas para hacer un nacimiento de barro. Uno hacía a la gente y el pesebre y el otro hacía el establo y los animales.

Sunya hizo las vacas y las ovejas y un animal muy gordo que podría haber sido un cerdo si no fuera porque tenía un cuerno. Pasó la señora Farmer y se acercó para verlo mejor y susurró *Pero qué es eso* y Sunya dijo *Un rinoceronte*. La señora Farmer echó una ojeada por encima del hombro para comprobar que el señor Price no la estaba mirando y luego aplastó con el puño el animal de barro. El rinoceronte se despachurró contra la mesa y los ojos de Sunya centellearon peligrosamente. *Nuestro Señor Jesucristo no nació en un zoo* siseó la señora Farmer y Sunya dijo *Y usted cómo lo sabe*. El Inspector de la Ofsted se acercó a nuestra mesa y preguntó *Qué estáis modelando*. Sunya abrió la boca pero la señora Farmer gritó *Ovejas* antes de que hubiera tenido ocasión de responder. *Estás haciendo ovejas, verdad que sí querida*. Sunya no dijo nada, pero con un rollito de barro hizo una salchicha puntiaguda igualita que un cuerno.

La señora Farmer se alejó y se paseó entre las parejas preguntando *Qué tal os está saliendo* y se hacía raro porque normalmente se queda sentada en su sitio tomando café. El señor Price habló con Daniel y Ryan que estaban haciendo un establo perfecto con animales perfectos y un Niño Jesús perfecto. Daniel no paró de decir lo buena profesora que era la señora Farmer, y la señora Farmer hacía como que no lo oía pero del gusto le salieron dos círculos rosas en las mejillas. Daniel levantó la vista hacia el mural como si supiera que su post-it iba a estar muy pronto en la nube número dos. Sunya se puso a enrollar el barro con todas sus ganas. Hizo cinco cuernos más.

Hacia el final de la clase, la señora Farmer se quitó la chaqueta. Tenía manchas de sudor debajo de los brazos. Dijo *Excelente trabajo queridos. Poned por favor los nacimientos en mi mesa y yo os los coceré en el horno a la hora del recreo.* El señor Price dijo *Me gustaría volver luego para verlos terminados* y la señora Farmer pestañeó pero dijo *Será un placer.* El inspector salió de la clase y la señora Farmer se dejó caer en su silla y dijo *Recoged este desastre*, otra vez con su voz normal.

Sunya llevó nuestro nacimiento a la mesa de la profesora y se puso a estirar el cuello para ver los trabajos de los otros niños. Se pasó allí horas dejándome a mí toda la limpieza y me habría enfadado si no llega a ser porque me estaba esforzando al máximo en ser amable. Cuando la clase estuvo limpia nos dejaron salir fuera, pero Sunya desapareció en los lavabos de chicas y no volvió a salir hasta que la señora gorda del comedor tocó el silbato.

Mientras el Niño Jesús se doraba en el horno, tuvimos Lengua y Literatura. A la señora Farmer se le iban todo el rato los ojos hacia la puerta como si esperara ver entrar al Inspector en cualquier momento. Escribimos poemas llamados Mis Navidades Mágicas en los que teníamos que hablar de todas las cosas maravillosas que pensábamos que nos iban a suceder. A mí no se me ocurría ni una sola. En mi familia las Navidades siempre son tristes. El año pasado, papá colgó un calcetín al lado de la urna y se puso a darle gritos a mamá cuando vio que no lo había llenado de regalos. Y este año va a ser peor que nunca porque no está aquí mamá para hacer la cena de Navidad, que es lo mejor de las vacaciones, aunque haya que comer coles de Bruselas.

La señora Farmer dijo *Espabila, James* así que empecé a escribir a toda prisa. Me imaginé las mejores Navidades del mundo y fue sobre eso sobre lo que escribí. Hablé del aroma del pavo caliente y del sonido de las campanas de la iglesia. Escribí sobre las sonrisas paralelas de las preciosas gemelas. No se me ocurría nada que rimara con Papá Noel aparte de té con miel, que en el segundo verso había dicho que no es mi bebida preferida. Pero como el poema entero es una mentira enorme, tampoco creo que eso importe.

A Sunya por una vez le estaba costando y no había escrito más que cuatro líneas. Le susurré *Qué te pasa* y dijo *Es que yo no celebro la Navidad*. A eso no supe qué decir. No me puedo imaginar un invierno sin Navidad como no sea en la película de *Narnia* cuando la Bruja Blanca hace que Papá Noel no pueda llevarles los regalos a los castores parlantes. Sunya dijo *Me gustaría ser normal* y en ese momento el señor Price entró en la clase.

El barro ya estaba cocido así que la señora Farmer lo sacó del horno. Dijo *Cuidado, que están calientes* mientras nosotros nos apelotonábamos a su alrededor. El señor Price asomó la nariz por encima de su portapapeles. Nuestro nacimiento había quedado bastante bien. La Virgen era más grande que San José, y al Niño Jesús se le habían caído la pierna derecha y los brazos de forma que parecía un renacuajo, pero aparte de eso estaba perfecto. Ninguno de los animales tenía cuernos y ya me estaba yo preguntando qué habría hecho Sunya con sus salchichas puntiagudas cuando el señor Price pegó un respingo. Seguí su mirada y vi el nacimiento de Daniel. En él, todos los animales tenían algo en mitad de la frente. Y no sólo los animales: la Virgen, San José y hasta el propio Niño Jesús tenían una salchicha pegada en el entrecejo. Miré a Sunya. Ponía cara de inocente pero los ojos le ardían como el carbón. Las salchichas no parecían cuernos. Parecían pequeñas pililas. Me tapé la boca con la mano para no reírme. No me atreví a mirar a Daniel por si le daba por echarme a mí la culpa, pero pensé *Quién es ahora el gilipollas*.

El señor Price salió de la clase con la cara toda congestionada y el bolígrafo agitándose entre sus largos dedos mientras escribía algo malo en su portapapeles. A Daniel no le pasó nada. La señora Farmer no tenía pruebas de que hubiera sido él. Pero eso daba igual. Nosotros nos habíamos vengado. La clase entera se tuvo que quedar castigada a la hora de comer porque nadie tenía intención de confesar que había Vejado al Hijo de Dios, signifique eso lo que signifique. Todo el mundo estaba furioso porque habían empezado a caer del cielo copos blancos y las otras clases estaban en el patio haciendo peleas de bolas de nieve. Pero a mí no me importó porque así pude pasar la hora de la comida con Sunya en lugar de estar esperando a que saliera de los lavabos de chicas.

Hasta que dejó de comer, a Jas le encantaban las bratwurst con puré de patata. Cortaba en trocitos las bratwurst y las escondía en el puré de patata. A la salida del colegio fue en eso en lo que pensé, en parte porque estaba muerto de hambre y en parte porque el mundo parecía un enorme plato de bratwurst con puré de patata de aquellos de Jas, con todo escondido bajo los montones de nieve blanca.

Sunya no se quedó esperando cuando la señora Farmer nos dijo a toda la clase que nos quitáramos de su vista. Salió corriendo del colegio y se fue andando por la calle a todo lo que daba. Yo me resbalé mientras intentaba alcanzarla. Cuando me oyó gritar su nombre, se paró y se dio la vuelta. Se le veía la cara muy morena bajo los copos de nieve y estaba tan guapa que me olvidé de lo que iba a decir. *Qué quieres, Jamie.* No parecía enfadada, sólo cansada y harta. Puede que incluso aburrida, y eso habría sido peor que ninguna otra cosa. Me quedé todo helado y no era por la nieve. Me habría gustado decir algo gracioso de verdad para que le brillaran los ojos, pero se me quedó la mente en blanco y lo único que hice fue quedarme mirándola y mirándola hasta que la nieve se arremolinó a nuestro alrededor. Al cabo de una larga pausa, dije *A cuánta gente has salvado hoy, Chica M* y ella torció el gesto. Dije *Yo he salvado a mil cuatro pero ha sido un día tranquilo* y ella se cruzó de brazos y suspiró impaciente. El hiyab se le había puesto de lunares con los copos de nieve y le ondeaba al viento. Parecía enfadada así que le dije *Gracias* y ella dijo *Por qué.* Di un paso hacia ella. *Por hacer quedar a Daniel como un gilipollas, por devolvérsela* y para mí mismo añadí *Por todo.* Sunya se encogió de hombros. *No lo he hecho por ti. Lo he hecho por mí.* Luego se dio media vuelta y se marchó, dejando con los pies huellas profundas en la nieve.

## 15

Llevo toda la semana diciéndole a papá que mañana tiene que estar en el colegio a las tres y cuarto. Espero que no beba. No quiero que nos haga pasar vergüenza a mamá y a mí. Mamá no ha respondido a mi carta, pero yo sé que va a venir. Creo que va a venir. De verdad lo espero. Ayer me estuve una hora y media con los dedos cruzados, sólo para estar seguro. Jas dijo *No pongas demasiadas esperanzas* pero yo dije *Mamá no se perdería la Velada de los Padres*. En la redacción que escribí desde el punto de vista del Niño Jesús me han puesto una A con lo cual ahora mi ángel está en la séptima nube. Estoy deseando que la lea mamá.

Hace un rato, cuando he llegado a casa del colegio, la luz del contestador automático estaba parpadeando. Pensé que igual era mamá que había dejado un mensaje sobre lo de mañana así que me obligué a mí mismo a esperar un momento antes de escucharlo. Papá estaba dormido en el sofá con la urna en un cojín y la felicitación del Día del Padre prendida bajo la papada, aleteando cada vez que resoplaba. Cerré la puerta y le di su comida a Roger y me lavé los dientes y me eché agua en la cara y me peiné el pelo con los dedos. Llevaba meses sin oír la voz de mamá y quería estar bien presentable. La camiseta de Spiderman está toda arrugada y mugrienta así que me la restregué con una toalla y me la rocié de desodorante.

Cuando estuve preparado, arrastré una silla hasta el teléfono y me senté, nervioso. La luz roja del contestador automático se reflejaba palpitando en mi mano. Estiré el dedo. Lo dejé suspendido encima del botón de play. Me moría por oír la voz de mamá, pero de pronto también me entró un miedo terrible. Puede que hubiera llamado para decir que no venía. Empecé a contar hasta treinta pero mi dedo apretó el botón antes de que hubiera llegado ni siquiera a diecisiete.

Una voz de mujer. *Ah, hola* ha dicho, sorprendida de estar hablando con un contestador automático. No parecía mamá pero ya se sabe que a la gente le cambia la voz por teléfono. He cruzado los dedos.

*Señor y señora Matthews, soy la señorita Lewis, la tutora de Jasmine durante este curso. No es que haya pasado nada grave, pero Jasmine lleva desde el viernes pasado sin venir al colegio. Sólo quería asegurarme de que está en casa con ustedes. Hemos supuesto que no se encuentra bien y que por eso no la hemos visto por aquí estos días. Les agradecería que me llamaran por teléfono esta tarde para que podamos saber dónde está y cómo se encuentra. Si está enferma, espero que se recupere enseguida para que pueda volver muy pronto al colegio. Muchas gracias.*

Lo primero que pensé fue *No es mamá no es mamá no es mamá* y no lograba concentrarme de verdad en lo que la señorita Lewis estaba diciendo. Así que volví a darle al botón y lo escuché otra vez, quedándome más boquiabierto a cada frase. Jas no estaba enferma. Había salido hacia el colegio esa mañana con su uniforme.

Me quedé allí sentado en silencio, demasiado alucinado para moverme. Roger se me subió al regazo. Su cola se retorcía en el aire como una de esas serpientes encantadas que se ven en países polvorientos como África y en la peli de *Aladdin*. Yo no sabía qué hacer. Saltarse el colegio es cosa grave.

*Dónde has estado* pregunté cuando Jas apretó el picaporte y entró en el recibidor. Me miró como si yo fuera tonto y dijo *En el cole*. Su mentira me dio en toda la cara y las mejillas se me pusieron como el contestador automático, de un rojo palpitante palpitante palpitante. Le dije *Di la verdad* y ella dijo *No seas tan cotilla* con ese tono sarcástico que pone. *La señorita Lewis ha dejado un mensaje* y los ojos de Jas volaron al teléfono y su mano voló a su boca. Dijo *Y papá lo ha…* y yo dije *No* y ella dijo *Se lo vas a…* y yo dije *Por supuesto que no se lo voy a contar*.

Ella asintió y se hizo un té y me preguntó si yo quería una granadina caliente, que es más o menos mi bebida preferida aunque no sea lo que mejor rima con palabras de Navidad. Le dije *Sí* pero no *Por favor*. Todavía estaba enfadado con ella por haberme mentido y por meterse en aventuras que no me incluían. Ella se sentó a la mesa de la cocina y dijo *Lo siento* y yo dije *Mmm vale*, pero en realidad no valía y me molestó ver que ponía cara de alivio, como si con sólo una palabra de nada se pudiera borrar todo. Y pensé en Sunya y por primera vez entendí por qué no quería ponerse el anillo de Blue-Tack. No me había perdonado porque yo sólo le había pedido perdón una vez y eso no era suficiente.

144

Me dieron ganas de salir de aquella cocina y correr por toda la calle y subir la colina hasta casa de Sunya. Habría querido plantarme ante su ventana y gritar *Lo siento lo siento lo siento* hasta que ella me mirara con los ojos brillantes y dijera *Vale* pero lo dijera de verdad. Pero como no podía, no lo hice, y me quedé ahí sentado a la mesa esperando a que Jas empezara a hablar.

*Estoy enamorada.* Eso no me lo esperaba. Me tosí la granadina por toda la camiseta. Jas me daba palmaditas en la espalda. Cuando pude volver a respirar dije *De Leo* y ella se mordió las uñas y yo dije *Ah*. Jas se revolvió en su asiento. *Lo que dijo papá* empezó, y los ojos se le llenaron de lágrimas. Me puse de pie para alcanzarle un clínex pero como no encontraba ninguno le pasé en su lugar un trapo de cocina. Cuando se lo di soltó una risita pero no sonaba demasiado alegre. *Lo que dijo papá en el coche. Lo de que Leo era una nena. Lo de que era gay. No se lo voy a perdonar nunca.* Dije *Se lo tienes que perdonar* y ella sorbió con la nariz y preguntó *Por qué.* Así que le dije *Porque es nuestro padre* y ella dijo *Y qué* y ahí yo me quedé pillado. *Es nuestro padre* repetí. No sabía qué otra cosa decir. Y Jas dijo *Y nosotros somos sus hijos.* Yo no entendí qué me quería decir con eso así que le apreté la mano. La tenía toda flaca y congelada.

*Cuando papá se fue con el coche dejándome en mitad de la lluvia, no fui capaz de irme al colegio.* Jas tenía la vista clavada en una muesca que había en la mesa mientras hablaba. *Llamé a Leo y él decidió faltar a la universidad y venir a recogerme. Estuvimos todo el día juntos y no me lo he pasado mejor en mi vida. Después de eso el colegio ya no me parecía tan importante.* Me incliné un poco hacia ella y sacudí la cabeza. *El colegio es importante* dije. *Muy importante. Mamá dice que si sacamos buenas notas podremos conseguir todo lo que queramos. Mamá dice que los estudios son...*

Jas apartó la mirada de la muesca de la mesa y me miró directamente a los ojos. *Pero mamá no está, Jamie.*

Yo le iba a contar lo de la Velada de los Padres, que en ese preciso instante mamá debía de estar preparando sus cosas para venir, emocionada por verme. Me habría gustado decirle *Mamá va a venir. Nos estará esperando a la puerta de mi colegio, la Escuela Primaria de la Iglesia de Inglaterra en Ambleside, mañana a las tres y cuarto de la tarde. Sin Nigel.* Pero no se lo dije. No dije una sola palabra y tuve un primer presentimiento de algo que me asustaba.

*Mañana vuelvo al cole* dijo Jas. *Voy a hacer una nota con la letra de papá y todo arreglado.* Y yo dije *Me lo prometes* y ella dijo *Que me caiga aquí mismo muer...* pero se detuvo. Los dos pensábamos en nuestra hermana que estaba ahí mismo muerta sobre la repisa de la chimenea y entonces Jas se levantó y se fue al fregadero a lavar las tazas. *Lo siento* dijo otra vez mientras el jabón de lavar los platos hacía unas pompas que parecían nieve y espuma del mar y burbujas de Fanta. *Lo de mentirte y faltar al cole y todo eso.* Yo dije *Vale* y esta vez era de verdad. *Sólo que no es tan fácil* dijo mientras restregaba las tazas. *Pensar en otra cosa. Mantenerme apartada de él. Algún día lo entenderás.* Yo no dije nada, pero creo que lo entendía perfectamente.


Le pedí perdón a Sunya más de trescientas veces. Cada vez que la señora Farmer paraba de hablar le decía *Perdón perdón perdón perdón perdón perdón per-*

*dón* sin coger aire siquiera. Pero a saber por qué no funcionaba y ella estaba toda triste y callada. A la hora de comer nos sentamos en nuestro banco del patio pero Daniel se puso a gritar *Te van a regalar curry por Navidad, Virus del Curry* y le tiró a Sunya una bola de nieve en la cabeza. Me habría gustado decir algo pero no lo dije y Sunya se fue corriendo y se pasó el resto del recreo de la comida en el lavabo de chicas. Yo creo que Daniel sabe que fue Sunya quien puso las pililas en su nacimiento porque se está portando peor que nunca con ella.

Me pasé el día sin poder concentrarme porque mamá debía estar ya en camino. No era capaz de hacer mapas ni de pensar en la Época Victoriana ni de escribir un párrafo en limpio. Me quedé mirando mis libros y no escribí nada. Aunque no solté el bolígrafo para que la señora Farmer no me gritara ni le dijera a mamá que no me esfuerzo. Cuando acabaron las clases me sentía cansado, como si llevara un millón de años despierto y esperando a que llegaran las tres y cuarto.

Mi cita era la primera. La señora Farmer dijo *Ve a buscar a tus padres y yo estaré con vosotros en cinco minutos.* Fui afuera y vi el coche de papá y sentí alivio cuando bajó con un zumbido la ventanilla y me dijo *Hola* con voz de no estar demasiado borracho. Me dijo *Qué te pasa* porque la cabeza no paraba de volvérseme para los lados y el corazón me latía a toda velocidad y las rodillas me temblaban y la boca se me quedó seca. En el aparcamiento había muchos coches, pero en ninguno de ellos estaba mamá.

Papá dijo que necesitaba ir al retrete así que entramos. Mientras él estaba en el lavabo de chicos, salí corriendo por la puerta hasta el camino de entrada al colegio para comprobar una vez más el cartel. No me quedó duda de que decía *Escuela Primaria de la Iglesia de Inglaterra en Ambleside* o sea que mamá no podía haber pasado en coche sin haber visto el colegio. La camiseta de Spiderman se me había empapado con la nieve y se me pegaba al cuerpo y quedaba ridícula. Era como si las mangas me estuvieran más flojas que nunca y la carne de gallina me rozaba contra la tela azul y roja.

Esperé y esperé y esperé. Estaba nevando fuerte. Se me pegaban los copos en las pestañas. Vino una ráfaga de viento frío y me cubrí el pecho con los brazos. Y entonces oí un coche.

Al volante iba una mujer. Una mujer de pelo largo como el de mamá. Corrí hacia ella, diciéndole hola con la mano. Me resbalé y me caí y me di con la rodilla en la nieve, que estaba llena de manchas naranjas de gravilla que había espolvoreado el conserje. El coche encendió el intermitente y se metió por el camino.

*Mamá* grité. Había venido. Me sentí tan feliz que no era capaz ni de moverme, aunque estaba todavía a cuatro patas en la nieve en medio del camino. *Mamá*. La mujer se acercó conduciendo despacio, inclinándose sobre el volante, con los limpiaparabrisas moviéndose rápido a medida que la nieve iba cayendo en el cristal. Volví a decir hola con la mano y miré dentro del coche. La mujer me devolvió la mirada, encogiendo los ojos detrás de las gafas como si se sintiera desconcertada.

Mamá no lleva gafas.

Volví a mirar. Mamá tampoco tiene el pelo castaño. Aquella mujer, la madre de algún otro, señaló hacia la acera. Quería que me apartara pero yo no podía levantarme, y no era felicidad sino otra cosa mucho más terrible lo que me mantenía allí de rodillas. La señora tocó tres veces el claxon. Me aparté gateando a un lado de la carretera.

Papá me encontró junto a la valla. Dijo *Pero qué santas narices haces* y me agarró del hombro. Me puse de pie de un tirón y yo no sé ni cómo llegamos hasta allí porque mi mente estaba a trescientas mil millas, en Londres, pero de golpe y porrazo me vi sentado enfrente de la señora Farmer que justo estaba diciendo que me había puesto una A por mi redacción sobre el nacimiento de Jesús.

Mamá había vuelto a mentir. Decía que si sacábamos buenas notas podríamos conseguir todo lo que quisiéramos. Pero lo que yo quería era que ella viniera a la Velada de los Padres y no había venido.

Papá parecía impresionado y dijo *Podría verla*. Fingió que leía un poco y luego me dijo *Enhorabuena*, pero yo no sentí nada. Estaba insensible. Y no por la nieve. La señora Farmer tenía un pequeño radiador debajo de su mesa y los pies se me habían calentado al instante. La señora Farmer dijo algo, y papá dijo algo, y la señora Farmer dijo algo más y luego me miró a mí como esperando una respuesta. Así que dije *Sí*, sin importarme siquiera no haber oído la pregunta. La señora Farmer sonrió así que debía haber dicho lo que tenía que decir y luego preguntó *A qué instituto va a ir el año que viene* y papá dijo *A Grasmere* y la señora Farmer dijo *Van también a Grasmere las gemelas*. Papá dijo *Cómo dice* y yo de repente volví a prestar atención.

*Es a ese instituto a donde van las gemelas* volvió a preguntar la señora Farmer y papá se frotó la barbilla con la mano haciendo con los pelillos un sonido raspo-so. *Las gemelas* dijo, como si no entendiera, y la señora

Farmer parecía desconcertada y dijo *Rose y... ah, cómo se llama la otra* y papá no dijo nada y yo no dije nada y el viento aullaba fuera.

*Jas va a Grasmere* dijo papá por fin. Me habría gustado darle una patada en la espinilla a la señora Farmer para que parara de hablar pero esas cosas sólo funcionan en los libros. *Y a dónde va Rose* preguntó.

Papá dijo *Rose está en un lugar mejor* y la señora Farmer preguntó *Un colegio privado* y papá tragó saliva pero no respondió. La señora Farmer se puso roja y dijo *Bueno, qué más da* y agarró la pila de mis trabajos y se puso a hojearlos. *James ha escrito algunas redacciones preciosas sobre su familia.* Sacó del montón mi cuaderno de Literatura y yo habría querido gritar NOOOOO, pero la señora Farmer ya se lo había pasado a papá. Se leyó Mis Maravillosas Vacaciones de Verano, Nuestra Genial Familia y Mis Navidades Mágicas y el cuaderno le temblaba en las manos. La señora Farmer estaba esperando a que papá dijera *Bien hecho*. Se me quedó mirando mientras yo me quedaba mirando a papá que se había quedado mirando las mentiras que yo había escrito sobre Rose.

Se oyó ruido al otro lado de la puerta. Habían llegado los siguientes padres. La señora Farmer se aclaró la garganta. *En resumen, James es inteligente y a veces trabaja muy bien, aunque tiene tendencia a soñar despierto. En el aspecto social, me gustaría que se relacionara un poco más con los otros niños, pero parece que se ha hecho especialmente amigo de una niña que se llama Sunya.* Llamaron a la puerta. *Una niña que se llama Sonya* repitió papá y la señora Farmer dijo *Adelante. No es Sonya, señor Matthews. Es Sunya.*

El picaporte hizo clic. La puerta se abrió. *Ah, justo,*

*aquí está Sunya* anunció alegremente la señora Farmer. Giré en redondo en mi silla, con la camiseta de Spider-man pegada al sudor de la espalda. *Hola, Jamie* dijo la madre de Sunya con su extraño acento. *Me alegro de volver a verte.*

# 16

Dos hiyabs blancos resplandecieron a la luz de la clase. Dos caras morenas se asombraron al ver a papá levantarse de un salto. *De qué conoce usted a mi hijo* chilló, estampando la mano contra la mesa de la señora Farmer. Una pila de cuadernos se desmoronó y derramó la taza de café sobre algunos papeles que parecían importantes. La señora Farmer hizo un ruido como de perro asustado y me miró a mí como si yo tuviera la culpa. La madre de Sunya se puso *Eeeh* y yo sacudí lo mínimo la cabeza así que dijo *No lo conozco*. Cerré los ojos y volví a abrirlos despacio con la esperanza de que la madre de Sunya entendiera que le estaba diciendo *Gracias*.

Murmuré *Vámonos* pero papá gritó *Me alegro de volver a verte. VOLVER. Eso es lo que acaba de decir usted*. Se acercó a la madre de Sunya. Ella dio un paso hacia atrás y agarró del hombro a Sunya. La señora Farmer se puso de pie, con la mano sobre el pecho. *Señor Matthews, cálmese* chilló. Papá gritaba más fuerte que ella. *Cuándo ha visto usted a mi hijo*. La madre de Sunya dio otro paso hacia atrás, tirando de Sunya hacia ella. *De qué lo conoce*. Sunya se soltó de la mano de su madre y dijo *Del partido de fútbol del colegio* y tenía la voz tranquila y cara de inocente y la mentira era la mejor que he visto en mi vida. *Tú cállate* gritó papá y la madre de Sunya explotó de pronto. *Cómo se atreve a hablarle así a mi hija.* Papá soltó una carcajada pero le quedó malvada, como cuando un malo se frota las manos y se le ponen los ojos todos rojos y el sonido que le sale de la boca es en plan *JUAJUAJUAJUAJUA*. *Estoy en mi país y puedo decir lo que me dé la gana* replicó. Yo quería gritar *Pues también es el país de Sunya* pero papá estaba como loco. La señora Farmer chilló *Voy a llamar al Director* y con un portazo salió corriendo de la clase.

*Los musulmanes mataron a mi hija* dijo papá, señalándose el pecho. Corrí hacia él y traté de agarrarle el brazo pero me apartó de un empujón. *Mataron a mi hija* volvió a decir, dándose a cada sílaba un golpe en el esternón. *Eso es absurdo* respondió la madre de Sunya, pero le temblaba la voz y me di cuenta de que tenía miedo. Me acordé de la pajita doblada del batido de chocolate y odié a papá por asustarla. *Un verdadero musulmán nunca, jamás le haría daño a nadie. Sólo porque alguien diga que es...* empezó pero papá gritó CÁLLESE. Ahora estaba temblando y tenía la cara morada. Le corría el sudor por la frente y por las mejillas. Gritó algo de *Terroristas* y algo más de *Son todos iguales* y la madre de Sunya volvió la cara como si le hubieran dado un bofetón.

Sunya estaba delante de un mural navideño, con los puños apretados. Copos de nieve de papel de plata recortado soltaban destellos a su espalda en la pared. Había ángeles a la izquierda y a la derecha un Papá Noel con la tripa saliéndosele de la chaqueta roja y los regalos saliéndosele del saco. En el centro del mural había una Virgen María de cartulina azul y un San José de cartulina marrón y un Niño Jesús de una cartulina demasiado rosa para parecer el color de la piel. Y me puso muy triste ver a Sunya al lado de todas esas cosas de Navidad en las que ella no creía y de las que no podía disfrutar, y me acordé de su poema y de que sólo había escrito cuatro versos porque ella en diciembre no tenía nada mágico que esperar. Y aunque papá seguía gritando y el viento sacudía las ventanas y el café iba cayendo gota a gota de la mesa y formando un charco en el suelo, yo lo único que oía eran las palabras de Sunya. *Me gustaría ser normal.* Me dieron ganas de acercarme a ella y cogerle los puños y ponerle el anillo y decirle *Yo me alegro de que no lo seas.*

En el ojo izquierdo de Sunya brilló una lágrima. Se fue hinchando plateada como una gorda gota de lluvia al oír que papá llamaba a su familia *El Mal.* Me imaginé que yo gritaba *No le escuchéis.* Me imaginé que decía *Tú eres distinta y eso es lo estupendo.* Y me imaginé que le partía a papá la cara por hacer llorar a Sunya, y por una décima de segundo creí que lo iba a hacer de verdad. Pero lo único que hice fue quedarme allí en mitad de la clase con el corazón acelerado y el cuerpo tembloroso dentro de aquella camiseta de Spiderman que resultaba demasiado grande para un niño como yo.

El Director entró en la clase haciendo ruido al andar con sus zapatos relucientes. Dijo *Hay algún problema.* La madre de Sunya no dijo nada y no se le veía más que la parte de arriba del hiyab porque estaba mirando al suelo. Yo quería que levantara la vista para poder decirle *Perdón* con los ojos pero ella no se movió. Papá dijo *Ningún problema* y me agarró de la mano y tiró de mí hacia la puerta y saludó al Director como si los últimos cinco minutos no hubieran ocurrido. Yo tenía la esperanza de que ahí acabara la cosa, pero mientras salíamos por el pasillo las uñas de papá se me clavaban en la mano haciéndome daño. Me iba a caer una buena.

En el coche no hablamos. Las ruedas giraban sobre la nieve rociando fango blanco por todas partes. En cuanto entramos en el camino de casa, papá dijo *Métete dentro* así que salté del coche y fui resbalándome por el hielo hasta que entré como una exhalación por la puerta principal y corrí al salón. Jas y Leo estaban tumbados en el sofá con la cara toda roja y la ropa negra toda revuelta. Jas dijo *Creía que era la Velada de los Padres* y yo dije *Se ha terminado* y *Papá* y señalé hacia el exterior. Jas empujó a Leo fuera del sofá dando un chillido.

Papá avanzaba por el recibidor. *Rápido* dije, tirándole de la mano a Jas. Leo se mordisqueaba el aro que llevaba atravesado en el labio. Los pasos se detuvieron. *Escóndete* siseó Jas. El picaporte giró. Leo se tiró en plancha detrás del sofá justo en el momento en que papá entraba en el salón.

A mí no se me da muy bien jugar al escondite. No me gustan los sitios pequeños y oscuros. Me dan sensación de estar enterrado bajo tierra así que me entra el pánico y acabo detrás de una puerta o en cualquier chorrada de sitio. Pero hasta a mí se me da mejor esconderme que a Leo, que ni siquiera se encogió lo suficiente para caber detrás del sofá. Su pelo de punta verde asomaba por encima del apoyabrazos y se le veían las botas negras en la alfombra.

Cuando papá lo vio, su cara pasó del morado al negro y chilló *Levántate.* Yo creo que Leo no sabía que papá le estaba hablando a él porque se quedó ahí siglos, aguantando la respiración y con los ojos cerrados como si se creyera que no le habían visto. Pero papá se acercó al sofá y le agarró a Leo la camiseta por detrás y tiró con fuerza. Leo se levantó como pudo mientras papá gritaba *Largo de aquí ahora mismo.* Jas dijo *No le hables así* y papá dijo *Estoy en mi casa y le hablo como me da a mí la santa gana* y se señalaba el pecho con el dedo tembloroso.

Leo salió corriendo y papá gritó *Te prohíbo volver a esta casa y te prohíbo ver a Jasmine.* Cerró de un portazo la puerta del salón. Una vieja foto de la familia se cayó de la pared y se rompió. *No puedes hacer eso* dijo Jas, furiosa y con ganas de pelea, gesticulando con los brazos. *No nos puedes prohibir que nos veamos.* Papá dijo *Pues me parece que es justo lo que acabo de hacer* y luego se volvió hacia mí.

*Tú quieres a Rose* me preguntó y yo dije sin dudarlo *Sí.* Papá dio un paso adelante. *Te acuerdas de cómo murió.* Su tono era bajo y grave y peligroso. Intenté tragar saliva pero no tenía. Dije que sí con la cabeza. Papá cerró los ojos y parecía que estaba intentando controlar algo pero debía de ser más fuerte que él porque se puso a gritar y a dar patadas al sofá. *MENTIROSO. ERES UN MENTIROSO, JAMES.* Yo me apreté contra la pared. Papá lanzó un cojín y le dio a la pantalla de la lámpara, que se balanceó y chirrió. *No soy un mentiroso* respondí, y caí de rodillas al suelo al ver que papá venía lanzado hacia a mí desde la otra punta de la alfombra. La urna tintineó sobre la repisa de la chimenea. *Entonces cómo puedes* chilló papá con una voz que me retumbaba en los oídos como un iPod con el volumen a tope. *Si me estás diciendo la verdad, cómo puedes ser amigo de esa niña.*

Jas dijo *Déjale en paz* y se arrodilló a mi lado. Estaba llorando y le temblaban los brazos al abrazarme. *Es que tú sabías esto* rugió papá, inclinándose hacia Jas y gritándole en la cara. *Sabías tú que la amiguita de Jamie era una musulmana.* Jas me miró pero no parecía decepcionada ni enfadada, sólo sorprendida, y me dio en el brazo un apretón furtivo que quería decir *A mí no me importa.* *Una puñetera TERRORISTA* chillaba papá, rociándolo todo de saliva. Yo habría querido decirle que estaba equivocado, porque todos los terroristas que había visto en la tele eran hombres de más de veinte años y no niñas de menos de once, pero dio un puñetazo en la pared justo encima de mi cabeza y tuve que taparme la cara.

Tenía los ojos apretados contra las rodillas pero oí que papá estaba llorando. Al sorber los mocos se le fueron de la nariz a la garganta y la voz se le puso pastosa y pegajosa. *Tú nunca lloras por ella* dijo y entonces me sentí culpable, como si todas y cada una de las cosas que se han torcido en mi familia hubieran sido culpa mía. Me pellizqué los ojos para que se me pusieran húmedos.

*Es imposible que la quieras* dijo papá, en voz de pronto muy baja. Me examiné los dedos. Papá se acercó a la repisa de la chimenea y contempló la urna. *Si no no habrías escrito todas esas mentiras, fingiendo que todavía está viva cuando lleva cinco años muerta. Si no no te habrías hecho amigo de una musulmana.* Cogió de la repisa de la chimenea la urna y le tembló en las manos y sus dedos sudorosos dejaron marcas en el dorado. *Mira lo que le hicieron, James* dijo, levantando la urna. *Mira lo que le hicieron los musulmanes a tu hermana.* Ya no parecía enfadado, sólo más triste que la persona más triste en la que soy capaz de pensar, que ahora mismo es Spiderman cuando muere el tío Ben. Jas lloró todavía más fuerte y yo deseé que mis ojos pudieran llorar también.

Todo se quedó en silencio y aunque comprendí que todo había terminado tampoco sabía si era buen momento para ponerse otra vez a hablar. Así que me senté con la espalda apoyada en la pared y la mano escociéndome y dolor de cabeza y contemplé cómo las manecillas del reloj iban haciendo tictac en círculo. Al cabo de tres minutos y treinta y un segundos, papá volvió a colocar la urna sobre la repisa de la chimenea y se secó los ojos y salió del salón. Oí el tintineo de un vaso y el clac-psst de una lata al abrirse. Jas me ayudó a levantarme y dijo *Vamos a tu cuarto.*

Nos sentamos en el alféizar y contemplamos las estrellas. Allí estaban los gemelos y también el león. El color plateado del cielo resplandecía todo en la nieve, convirtiendo la hierba en diamantes. *Mi horóscopo decía que hoy iba a ser un día horrible* dijo Jas. *Pero tampoco me imaginaba que fuera a ser para tanto.* Su aliento hacía círculos de vaho en el cristal. En las gotitas condensadas escribió una gran J y luego su nombre, y con la misma J escribió mi nombre. Todas las letras goteaban a la vez y quedaba bastante chulo. Me dijo *Estás bien* y le dije *Sí.*

*Echo de menos a mamá* dijo Jas de pronto y fue curioso porque yo acababa de pensar justo lo mismo. *Ojalá todavía estuviera con nosotros.* Me quedé mirando al suelo. *No ha venido a la Velada de los Padres* dije con un hilo de voz. Jas se recostó contra la ventana.

158

*Tampoco pensaba que fuera a venir.* Restregué los dedos de los pies por la moqueta. *Pero puede que pillara un atasco en la autopista* dije. *Si había atasco, se habrá dado por vencida y habrá dado media vuelta. Ya sabes cómo es ella. A lo mejor ha sido eso lo que ha pasado.* Jas jugueteaba con un mechón de pelo rosa. *A lo mejor* dijo, pero no nos miramos. El presentimiento volvió a encendérseme, como una de esas velas de cumpleaños que tienen truco y no hay forma de apagarlas. No llegaba a reconocer aquella sensación pero, fuera lo que fuera, me daba miedo.

Nos quedamos un rato callados. Roger cruzó sigilosamente el jardín, dejando con sus patas naranjas agujeros brillantes en la nieve. Tenía la vista fija en el estanque helado. Me pregunté si mi pez seguiría vivo debajo de todo aquel hielo. Jas suspiró. *Espero que Leo esté bien.* Yo arranqué una hebra del cojín y dije *Y yo espero que Sunya también.* Entonces sonreí, aunque aquello no tenía gracia. *Papá nos debe odiar.*

*Sí* dijo Jas, arrugando la frente. *Y mamá.* Yo lo había dicho en broma, y se lo iba a aclarar cuando apoyó la barbilla en las rodillas, toda pensativa y seria. *Cuando yo era pequeña, tenía cinco ositos. Edward, Roland, Bertha, John y Burt.* No entendí por qué se ponía a hablarme de sus muñecos. *Mi oso se llamaba Barney* dije lentamente. Jas dibujó cinco líneas en el vaho del cristal. Tenía la pintura de uñas negra saltada por donde se las había estado mordiendo. *Me encantaban todos. Sobre todo Burt, que no tenía ojos. Pero un día lo perdí. Me lo dejé en un autobús en Escocia una vez que fuimos a visitar a la abuela y nunca más lo volví a ver.* Roger desapareció bajo un arbusto, cazando. Di un golpe en el cristal para que parara. *Me llevé un disgusto enorme*

159

continuó Jas. *Me tiré horas llorando. Pero fue un alivio volver a Londres y tener allí mis otros osos.* Borró con la mano una de las líneas del cristal y se quedó mirando las otras cuatro. *Desde entonces los quise más que nunca, porque faltaba uno.*

Aquello no tenía sentido así que no supe qué decir. Me quedé callado y esperé. *Y puede que ellos sientan lo mismo* dijo. *Algún día. Cuando se les haya pasado un poco la pena.* Yo no sabía si hablaba de los osos o de nuestros padres, pero parecía una niña pequeña, muy distinta de mi hermana mayor, y me dieron ganas de consolarla así que dije sólo *Seguro que sí.* Jas se apretó las rodillas contra el pecho. *De verdad lo crees* dijo y yo asentí con aire inteligente. Ella sonrió todavía temblorosa y empezó a hablar a toda velocidad. *Entonces nos querrán por nosotros mismos sin pensar en Rose y mamá volverá a casa y todo se arreglará.*

*Nosotros podemos hacer que vuelva* dije de pronto, saltando del alféizar. *Podemos hacer que vuelva y que todo se arregle.* Le pasé el sobre arrugado que tenía escondido debajo de la almohada. Lo abrió y esta vez cuando leyó lo de *Ven a Mánchester a cambiar tu vida* ni dijo *Vaya montón de chorradas* ni nada parecido. Escuchó mi plan. Y esta vez cuando llegué a la parte en que salíamos a saludar después de cantar nuestra canción y papá y mamá se agarraban la mano de lo orgullosos que estaban no dijo *Eso no va a ocurrir nunca.* Murmuró *Me encantaría que hicieran las paces* y cerró los ojos, imaginando el primer abrazo que se darían.

*Pues venga, vamos a hacerlo* dije emocionado. *Las audiciones son dentro de tres semanas. Tenemos un montón de tiempo para trabajarnos algún talento.* Jas llevaba los párpados cubiertos de maquillaje negro. De pronto se le arrugaron, como si algo le doliera. *Ya no puedo con papá. Lo de...* vaciló y aspiró hondo *...la bebida.* Era la primera vez que uno de nosotros decía esa palabra para referirse de verdad al alcohol y al mal cuerpo y a la decepción y no a la granadina caliente o lo que fuera. Me alegré de que Jas tuviera los ojos cerrados porque no sabía qué hacer con la cara ni con las manos ni con la enorme verdad de que nuestro padre era un borracho.

*Sólo tengo quince años* dijo Jas en voz alta, abriendo de pronto los ojos con cara de desafío. *De verdad quieres que vayamos a esa chorrada de concurso* me preguntó. Asentí con la cabeza y, tras una pausa, mi hermana dijo *Pues vale.*

## 17

La última semana del trimestre fue un asco. Sunya no me hablaba y yo estaba harto de las bolas de nieve que Daniel me tiraba a la cara y del hielo que me metía por la camiseta de Spiderman y del hecho de que a todo el mundo le mandaban tarjetas de Navidad menos a mí. En la biblioteca había un buzón y metías dentro la tarjeta y antes de que nos fuéramos a casa las repartían por las clases. Lo hacía el Director con un gorro de Papá Noel puesto y entraba en nuestra clase y decía *Jojojó*. Luego iba leyendo los nombres que había en las tarjetas que tenía en la mano y siempre había montones para Ryan y montones para Daniel y bastantes para Sunya. Al principio me extrañó un poco porque Sunya se pasaba los recreos sola así que me sorprendió que tuviera tantos amigos. Pero luego vi que todas sus tarjetas estaban dibujadas con rotuladores en hojas de tamaño folio y firmadas con su propia letra por superhéroes. Se había mandado a sí misma una de Batman y una de Shrek y una del Duende Verde, que como sabe todo el mundo es el mayor enemigo de Spiderman. Ésa la puso al lado de su estuche para que yo pudiera verla.

No hemos vuelto a hablar desde la Velada de los Padres y ya no me pide mis lápices especiales. Hay muchísimas cosas que me gustaría contarle sobre el Mayor Concurso de Talentos de Gran Bretaña y sobre nuestro plan de mandarle a mamá una carta y a papá dejarle una nota diciéndoles que vengan al Teatro Palace de Mánchester el 5 de enero. Me gustaría cantarle nuestra canción y enseñarle nuestra coreografía y contarle que con eso se va a arreglar todo. Cuando mamá haya vuelto y papá haya dejado de beber y se hayan olvidado de todo lo de Rose, papá estará demasiado feliz para odiar a Sunya. Puede que siga sin gustarle que seamos amigos pero mamá le dirá *Déjalos que hagan su vida* y Sunya vendrá a casa a tomar el té. Comeremos pizzas tropicales y ellos se olvidarán de que es musulmana.

Faltan dos días para Nochebuena. Yo creo que el cartero no pasa el 24 de diciembre ni el 25 de diciembre ni el 26 de diciembre y esta mañana no había nada en el buzón aparte de una de esas tristes cartas de alguna organización benéfica que te piden que pienses en toda la gente que se está muriendo de hambre en África mientras te estás comiendo el pavo. Intentaré acordarme de ellos mientras me como mi cena de Nochebuena, que va a ser sándwiches de pollo porque la va a hacer Jas. No creo que a los de la organización benéfica les importe lo que coma mientras *Dedique Un Pensamiento A Aquellos Que Se Están Muriendo De Hambre* cuando esté a la mesa.

Si es verdad que el cartero no pasa en Navidad entonces sólo queda mañana para que llegue un regalo de mamá. Estoy intentando emocionarme. No paro de imaginarme un paquete de los gordos en la alfombrilla de la puerta principal, pero cada vez que pienso en la tarjeta con un Feliz Navidad Hijo en grandes letras azules, se me enciende ese raro presentimiento de algo que me asusta. Ahora nunca se me va del todo.

Le pregunté a la señora Farmer con cuánto tiempo tendría que avisar ella al Director si necesitase un día libre. Daba la impresión de que le disgustaba tener que hablar conmigo y no paró de echar miradas al mural que había en la pared de detrás de su mesa como si todos los salpicones de café que tenían los ángeles fueran culpa mía. Al final dijo *Si fuera por algo lo suficientemente importante, me permitirían ausentarme inmediatamente. Y ahora sal a jugar y deja ya de hacer preguntas tontas.*

*Si fuera por algo lo suficientemente importante.* No lograba quitarme esas palabras de la cabeza. Pasaban zumbando por mi cerebro y me mareaban. Luego tuvimos que escribir una redacción y no toqué el papel con el bolígrafo y en Matemáticas me inventé los números y en Dibujo las ovejas me salieron más grandes que los pastores porque no me concentraba. Parecía que un rebaño de ovejas asesinas estaba a punto de cargarse a pisotones el pesebre.

En la obra del colegio sorpresa sorpresa representábamos el Nacimiento y yo era una persona por primera vez en mi vida. Me dieron el papel del hombre que decía *No hay sitio en la posada* pero no vino nadie a verme así que dio igual. Jas no consiguió volver a tiempo del instituto y papá no ha vuelto a salir de la cama desde la Velada de los Padres. A Sunya al principio le habían dado el papel de la Virgen pero no paraba de quejarse y de agarrarse la tripa como si estuviera dando a luz por el camino hacia a la posada. En el último ensayo, la señora Farmer la agarró y la levantó de la silla en mitad del escenario y la hizo ponerse a cuatro patas y le dijo que era el buey y que se quedara por el fondo del establo.

El ultimísimo día yo me moría por hablar con Sunya, pero no se me ocurría cómo empezar. Cuando no me estaba mirando, tiré el lápiz debajo de su silla y estaba a punto de pedirle que me lo cogiera cuando la señora Farmer me echó de clase por lanzar objetos puntiagudos. Dijo *Le podías haber sacado un ojo a alguien*, cosa que no era verdad. El lápiz no tenía punta y además lo tiré tan por lo bajo que no le había pasado cerca de los ojos a nadie, a menos que hubiera algún enano invisible por la zona. Cuando me dejó volver a entrar en clase, el lápiz seguía a los pies de Sunya, pero no me atreví a pedírselo porque la señora Farmer había dejado bien claro que lo había tirado ahí aposta. Tuve que hacer el gráfico con el boli y me salió todo mal y no pude borrarlo así que me pondrán una mala nota. Pero da igual. Ya no me interesan las Aes. Jas tenía razón en lo del colegio. En realidad no es tan importante.

Cuando llegó el momento de irse, la señora Farmer dijo *Feliz Navidad y Próspero Año Nuevo. Las clases vuelven a empezar el 7 de enero así que hasta entonces.* Se me estaba acabando el tiempo de volver a hacerme amigo de Sunya así que cuando todos se fueron me quedé en la clase mirándola recoger sus cosas. Se pasó siglos poniendo sus libros en un montón ordenado y comprobando que todos los rotuladores tenían su tapa y que estaban en el paquete por el orden del arco iris. Me dio la impresión de que estaba esperando a que yo hablara pero no paraba de canturrear a todo volumen y la abuela siempre dice *Es de mala educación interrumpir*. Cinco mechones de pelo le colgaban sobre la cara y no paraba de apartárselos de los ojos. Por la cabeza me revoloteaban palabras como *Perfecto* y *Luminoso* y *Bonito* pero antes de que pudiera decir nada, Sunya salió. Se fue a coger su abrigo y yo la seguí y ella se echó a correr por el pasillo y yo la seguí y salió como una tromba por la puerta al camino pero se paró cuando me oyó gritar *EPA*.

No era la mejor palabra que podía haber dicho pero captó su atención. Se dio la vuelta. Casi todo el mundo se había ido y ya estaba oscuro pero el hiyab de Sunya resplandecía como el fuego a la luz naranja de las farolas. Quería decirle *Feliz Navidad* pero Sunya no la celebra así que en lugar de eso le dije *Feliz Invierno*. Puso un poco de cara de asombro y me entró el pánico por si tampoco celebraba las estaciones. Empezó a andar hacia atrás y se fue alejando y alejando, y como no me apetecía que desapareciera en la noche le grité lo primero que me vino a la cabeza. *FELIZ RAMADÁN*.

Sunya se quedó quieta. Corrí hacia ella tendiéndole la mano y lo volví a decir. *Feliz Ramadán*. Las palabras salían calientes al aire helado y se vaporizaban sílaba a sílaba. Sunya se quedó mirándome mucho rato y yo sonreí esperanzado hasta que dijo *El Ramadán fue en septiembre*. Tuve miedo de haberla ofendido pero entonces sus ojos empezaron a echar chispas y la peca que tenía en el labio se estiró como si estuviera a punto de sonreír. Las pulseras tintinearon. Levantó el brazo. A mí me temblaban los dedos cuando su mano se acercó a la mía. Estaban a veinte centímetros de distancia. A diez centímetros. A cinco centí...

Se oyó un claxon y Sunya dio un brinco y musitó *Mi madre*. Corrió por el camino cubierto de gravilla y se metió en el coche. La puerta se cerró de un golpe. El coche se puso en marcha. Dos ojos brillantes me contemplaron a través del parabrisas. Todavía me temblaban los dedos cuando el coche desapareció en la carretera oscura.

Jas me compró un montón de regalos pequeños de Navidad, una regla y una goma de Man Utd y un desodorante nuevo porque se me había terminado. Los envolvió todos y los metió en uno de mis calcetines de fútbol de modo que parecía un calcetín de Navidad. Yo le hice a ella un marco de cartón y puse dentro la única foto que encontré en la que estamos ella y yo. Sin mamá. Sin papá. Sin Rose. Sólo Jas y yo y nos puse alrededor flores rosas porque ella es una chica y es su color preferido. Y le conseguí una caja de sus bombones preferidos para que comiera algo porque está demasiado delgada.

Hicimos sándwiches de pollo relleno y patatas fritas de microondas y nos lo comimos viendo *Spiderman*. No me pareció tan buena como la recordaba de mi cumpleaños pero aun así me gustó, sobre todo cuando Spiderman le da una paliza al Duende Verde. Roger le dio algunos mordiscos a mi sándwich pero Jas no tocó el suyo. *Estoy dejando hueco para los bombones* dijo, y al cabo de un rato se comió tres, y eso me hizo sentirme bien. No paraba de echar miradas por la ventana con ojos tristes, pero cada vez que yo la pillaba, ponía una gran sonrisa.

Mamá no nos mandó ningún regalo y papá no tiene ni idea del día que es porque no hace más que estar tumbado en la cama bebiendo y roncando y bebiendo y roncando así que tampoco nos regaló nada. Lo único que hizo en todas las Navidades fue ponerse a dar golpes en el suelo de su cuarto y gritar *Parad ya ese escándalo* cuando estábamos cantando villancicos a grito pelado.

A las nueve en punto se oyeron unos golpecitos en el cristal y Jas me miró y yo la miré y nos arrastramos los dos hasta la cortina. Por una décima de segundo creí que podía ser mamá la que había llamado al cristal y me enfadé con mi corazón por acelerarse cuando yo sabía que no iba a ser ella. Apartamos de en medio la cortina y el aliento de Jas me hacía cosquillas en la oreja. No se veía nada, sólo la nieve del jardín de delante, pero cuando se me acostumbraron los ojos a la oscuridad vi que había unas palabras escritas por todo lo blanco. *Te Quiero.* Jas soltó un chillido como si fuera para ella y yo me sentí decepcionado porque eso significaba que no era para mí.

Se puso las botas de agua de papá y salió de puntillas y estaba muy graciosa con su pelo rosa y la bata verde, tropezándose por la nieve. Pegué la cara a la ventana y contemplé cómo encontraba la tarjeta que Leo le había dejado en el jardín. Vi cómo le brillaban los ojos y se le encendía la sonrisa y el corazón le crecía en el pecho como un bizcocho en el horno oxidado que usamos en el colegio para cocinar. Besó la tarjeta como si fuera la mejor cosa del mundo y eso me hizo pensar.

Tardé dos horas en hacer una tarjeta. Con mis lápices especiales dibujé montones de copos de nieve y un muñeco de nieve que se parecía a mí y otro muñeco de nieve que se parecía a ella y lo cubrí todo de purpurina. Roger estaba sentado a mi lado mientras yo trabajaba en el suelo de mi cuarto y como no paraba de meterse en medio ahora tiene destellos plateados en la cola. Resultaba más fácil escribir en la tarjeta que hablar cara a cara con Sunya, así que le puse todas las cosas que habría querido decirle desde el principio del todo. Cosas como *Gracias por ser mi amiga* y *Me gusta mirarte la peca* y *Mi padre es un bestia pero yo no soy como él así que por favor ponte el anillo de Blue-Tack*. Le conté lo de la audición y que en cuanto mamá volviera a casa y metiera a papá en vereda todo iba a ser perfecto y que podríamos ser amigos a partir del 5 de enero. Aunque me estaba quedando sin espacio, la invité a venir al Teatro Palace de Mánchester a ver el concurso de talentos y le dije que se iba a quedar con la boca abierta cuando oyera cantar a Jas y viera mi coreografía. Firmé la carta por el único superhéroe de quien ella no había recibido ninguna en el cole. Spiderman.

Tuve que esperar a que Jas se fuera a dormir para poder salir a escondidas a echarla en el buzón. La primera vez que entré sin hacer ruido en su cuarto para ver si tenía los ojos cerrados estaba hablando en susurros por su teléfono móvil y me dijo *Largo de aquí, enano cotilla*. Pero la segunda vez que fui a mirar estaba dormida como un tronco con la mano colgando de la cama y la boca abierta y el pelo rosa todo revuelto sobre la almohada. Las campanillas tintinearon cuando volví a cerrar con cuidado la puerta.

Eran las once en punto cuando me puse mis botas de agua. Roger me restregó el pelo naranja por la goma roja como si supiera que estábamos a punto de correr una aventura. Me pareció que tenía los ojos verdes más grandes de lo normal cuando íbamos de puntillas hacia la puerta de la calle. *Chissst* le dije, porque se puso a ronronear. En el silencio de la casa sonaba como el motor de un tractor. La puerta chirrió al abrirla y la nieve hacía ruido al aplastarla con los pies pero nadie lo oyó y salí andando por el camino sin que nadie me viera.

Me parecía que estaba haciendo una cosa tan mala al salir así en Nochebuena que todo el rato esperaba que empezaran a sonar sirenas de la policía y empezaran a encenderse luces intermitentes azules y alguien gritara *Estás detenido*. Pero no ocurrió nada. Todo estaba en silencio. Lo único que vi fue la luna reflejándose en los picos helados de las negras montañas. Yo era libre.

Sentí que la cabeza me daba vueltas y me eché a reír y Roger me miró como pensando que me había vuelto majareta. Me sentía como si no existiera nadie en el mundo más que yo y mi gato y pudiéramos hacer cualquier cosa que se nos ocurriera, lo que fuera. Me puse allí mismo a bailar y a mover los brazos por el aire y a menear el pandero y nadie me vio. Me puse a dar vueltas, cada vez más rápido, y la nieve pasaba zumbando como una nebulosa blanca ante mis ojos. Me subí de un salto a un muro y lo fui recorriendo con la sonrisa más grande que se me ha puesto desde que metí el gol de la victoria. La tarjeta aleteó al viento y me imaginé a Sunya leyéndola, puede que hasta besando la parte donde yo había escrito Spiderman.

Eso hizo que me sintiera capaz de volar así que salté del muro agitando los brazos y durante una décima de segundo me quedé de verdad flotando por encima de la nieve antes de caer sobre un pie. La sangre me burbujeaba como una Coca-Cola en una fiesta y sentía un hormigueo por todo el cuerpo y tenía más energía que en toda mi vida junta. Roger dijo *Miau* y yo dije *Ya sé a qué te refieres* y le dije que se volviera a casa a esperarme. Le di un beso en la nariz mojada y sus bigotes me hicieron cosquillas en los labios. Luego salí corriendo a toda velocidad con el viento frío cortándome las mejillas.

Mis manos se estamparon contra el portón de Sunya. Estaba jadeando y tenía el pulso acelerado y me dolían los pies y me chorreaba el sudor. Aquello era la cosa más valiente que había hecho jamás en mi vida y sonreí mientras abría el portón y corría por el camino de la casa de Sunya. Al saltar la tapia, volé un instante antes de aterrizar en el jardín de atrás. Yo era un pájaro y Wayne Rooney y Spiderman, todos a la vez, y no le tenía miedo a nada, ni siquiera a Sammy el perro que se había puesto a gruñir en la cocina.

Dejé la tarjeta sobre el césped y agarré una china. La tiré a la ventana de Sunya pero dio en la pared dos metros más abajo. Cogí otra. Ésa pasó volando por encima del tejado. En los libros siempre lo ponen como si estuviera chupado darle al cristal, pero me costó once intentos. Cuando la piedra dio en la ventana, salí corriendo y me escondí detrás de un arbusto porque quería ver a Sunya encontrar la tarjeta. Conté hasta cien. No ocurrió nada. El perro Sammy se estaba poniendo como loco, ladrando y arañando y gruñendo, pero a mí me daba igual. Encontré una piedra más grande y esta vez me salió perfecto y dio bien fuerte contra el cristal.

Me volví a todo correr al arbusto, haciéndome un corte en el moflete con una rama, pero no me escoció ni un poquito. Esta vez sólo llegué a contar hasta trece. Se abrió una cortina y en la ventana apareció una cara morena. Se encendió una luz.

La cara morena era de un hombre. El padre de Sunya le dijo algo por encima del hombro a alguien que yo no podía ver. Se quedó mirando el jardín y los árboles y el césped, y Sammy gruñía y yo tuve miedo de que lo dejaran salir y me encontrara en el arbusto.

El padre de Sunya no vio la tarjeta. Después de comprobar durante cinco minutos que no había entrado ningún ladrón, corrió las cortinas y apagó la luz y Sammy siguió ladrando un poco más pero luego se calló. Yo no me atrevía a moverme y me quedé todo lo quieto que pude, a pesar de que tenía una ramita clavándoseme en la pierna y se me había dormido el pie derecho. Contemplé la ventana sin pestañear hasta que los ojos se me quedaron secos. Quería que Sunya abriera las cortinas y que encontrara la tarjeta y quería ponerla contenta por lo triste que la había visto en el colegio. Pensé en su mano y mi mano y en que habían estado a punto de rozarse, y me pregunté qué habría pasado si su madre no llega a tocar el claxon.

Al cabo como de un millón de años pensé que era seguro moverse. En el reloj de una iglesia daban las doce cuando salí a cuatro patas del arbusto y me enganché en las ramas y se me hizo un siete en la manga de la camiseta. Fui a recoger la tarjeta. Estaba toda mojada. La nieve había empapado el sobre. Estaba preguntándome si debería dejarla allí, o llevármela otra vez a casa, o meterla en el buzón de Sunya, cuando oí que se abría la puerta de la cocina.

Tendría que haber salido corriendo o haberme escondido o haberme tirado al suelo y haberme tapado con la nieve, pero el cuerpo se me quedó paralizado. Como estaba de espaldas a la casa no tenía ni idea de a quién podía tener detrás así que pegué un brinco cuando una lengua húmeda me lamió la mano. Sammy sacudía la cola de un lado para otro dándome en la pierna que no paraba de movérseme. Conté hasta tres y me di la vuelta y allí estaba ella. Llevaba el velo cubriéndole el pelo pero no tan ajustado como otras veces. Era como si se lo hubiera puesto deprisa y corriendo. Llevaba un pijama azul y se le veían los dedos de los pies y los tenía pequeños y derechos y morenos y quedaban muy bien sobre el suelo de la cocina.

Se quedó mirándome y yo me quedé mirándola pero no me sonrió. Dije *Hola* y ella se puso el dedo sobre los labios para decirme que me estuviera callado. Me acerqué a ella y me sentía los brazos demasiado largos y las piernas demasiado patosas y la cara demasiado caliente. Le tendí la tarjeta pero no se puso contenta como se había puesto Jas. Le dije *Esta tarjeta es especialmente para ti y la he hecho con cartulina y con purpurina*, por si acaso no se había dado cuenta de lo especial que era. No dijo *Gracias* ni *Hala*, ni chilló como hacen las chicas cuando están contentas. Dijo *Chissst* y miró por encima del hombro como si tuviera miedo de que alguien nos viera.

Se la puse en la mano y esperé a que abriera el sobre. Yo sabía que en cuanto viera el muñeco de nieve con la camiseta de Spiderman y el muñeco de nieve con el hiyab se daría cuenta de lo gracioso que era y sonreiría. Pero se escondió la tarjeta en el pijama y susurró *Te tienes que ir.* Como yo no me movía, volvió a mirar por encima del hombro y dijo *Vete, por favor. No me dejan ser tu amiga. Mi madre piensa que no traes nada bueno.* Dije *QUÉ* y ella me tapó la boca con la mano. Los labios me ardían igual que en Halloween. En la planta de arriba crujió una tabla del parqué. Ella dijo *Vete* y me empujó hacia fuera y agarró a Sammy por el collar y lo metió dentro. Mientras yo corría entre la nieve y Sunya cerraba la puerta de la cocina se encendió una luz. Y esta vez, al saltar la tapia, más que volar me tropecé y me caí en plancha en la fría tierra.

173

# 18

Cuando vi a Jas entrar en la cocina se me cayeron los Chocopops. Por poco no la reconozco. *Estás como...* empecé y me dijo *Déjalo* y *Búscame un bolígrafo*. Le costó diez intentos escribir una nota para papá. Una decía *Por favor por favor por favor ven* pero eso sonaba demasiado desesperado así que la siguiente decía *Como no vengas*, y eso resultaba un poco demasiado amenazador. A la octava vez por fin escribió

Papá. Tenemos una sorpresa para ti y nos encantaría que vinieras hoy al Teatro Palace de Mánchester. Estate allí a la una y verás el espectáculo de tu vida.

Yo estaba más nervioso que la persona más nerviosa en la que soy capaz de pensar, que ahora mismo es el león de *El mago de Oz*. En el estómago tenía no ya mariposas sino algo más grande y que daba más miedo. Puede que fueran águilas o halcones o algo así. O ahora que lo pienso puede que fueran monos con alas de los que raptan a Dorothy y la llevan donde la bruja que le tiene miedo al agua. Fueran lo que fueran no paraban de pellizcarme por dentro y de pegar saltos de acá para allá de una forma muy poco agradable. Yo tenía miedo de olvidarme de todo y meter la pata así que no paré de repasar la letra y la coreografía mientras Jas escribía la nota para papá. Por eso tuvo que tirarla al sexto intento. Le di con la pierna un golpe en el bolígrafo al hacer una patada voladora. No sé por qué me entró la risa y ella parecía enfadada y susurró *Por todos los santos, Jamie.* Y luego no quiso dejarme a mí colocar la carta en la mesilla de noche de papá ni ponerle el despertador para las siete y cuarto, por si hacía demasiado ruido.

Eran las cinco en punto de la mañana y estábamos los dos en silencio, aunque no era necesario. Papá no se despierta ni en pleno día cuando está la tele a todo trapo en el salón. Pero aun así nosotros andábamos de puntillas y el corazón nos hacía BUM cada vez que a uno de los dos se le caía algo o hablaba demasiado alto. Jas tenía miedo porque Leo nos iba a venir a recoger en coche y no quería que papá lo viera y se pusiera como un loco. Yo tenía miedo porque como papá nos pillara y no nos dejara ir mamá y él nunca volverían a juntarse. A ella le mandamos una carta el 28 de diciembre así que ha tenido tiempo de sobra para llegar. Y esta vez el señor Walker no es excusa. La academia cierra en Navidades. Lo puse como si el concurso fuera de verdad muy importante y añadí *Es la oportunidad de tu vida*, que lo decían en la tele, y *Ven a Mánchester a cambiar tu vida*, que lo copié de la carta de información del concurso, y *Por favor mamá necesito verte de verdad*, que me lo inventé yo mismo.

*Todavía no me creo que yo esté haciendo esto* dijo Jas mientras íbamos al salón a esperar a Leo. *Mi horóscopo de hoy dice que no debo correr ningún riesgo.*

175

Respiraba de forma entrecortada con la mano en el pecho. *Vamos a repasarlo una vez más* le dije, mirando cómo le temblaban las manos. Cantamos en susurros la letra y también hicimos la coreografía pero Roger se había despertado y no paraba de meterse en medio. Se me enredaba en los pies y no me dejaba dar saltos y patadas alrededor de Jas que es lo que tengo que hacer en la primera estrofa. Me estaba poniendo de los nervios pero me esforcé en no decir nada porque todavía me sentía mal por haberle cerrado la puerta en las narices. Aun así cuando me tropecé con su cola brillante de purpurina flojeé un poco. Me agaché y él me miró todo esperanzado como si le fuera a hacer una caricia. Pero en lugar de pasarle la mano por el pelo, lo cogí en brazos y lo llevé al recibidor y le cerré la puerta del salón. Se quedó allí maullando pero no le hice caso y al final se aburrió y se largó.

*Ya está aquí* chilló Jas. Un coche azul se paró a la puerta de nuestra casa. Ella se toqueteó el peinado nuevo y dijo *Qué tal estoy*. Dije *Muy bien*, aunque estaba rara. Se lo debía de haber teñido de castaño la noche anterior y lo llevaba muy bien peinado y recogido en dos coletas cortas. Se parecía tanto a Rose que se hacía extraño. Ya sé que eran idénticas y toda la pesca, pero la Jas de ahora no se parece a nadie más que a Jas. Cuando nos metimos en el coche de Leo era como si el espíritu de Rose hubiera descendido de su nube del Cielo y eché de menos los piercings y el pelo rosa y la ropa negra. Jas llevaba un vestido de flores, una chaqueta y zapatos planos de hebilla, la última ropa que mamá le compró en Londres. Yo seguía con mi camiseta de Spiderman porque no quería que mamá se llevara una desilusión al ver que no me la había puesto. La dejé lo más elegante que pude frotándola con un trapo y le arreglé la manga con imperdibles.

Leo levantó las cejas al ver a Jas. Ella le miró con cara de angustia y dijo *Es sólo hoy* y Leo puso cara de alivio pero le dijo *Estás muy mona*. Entonces Jas se rió y él se rió, y ya estábamos en camino. Íbamos a toda velocidad porque en la carta del concurso ponía que iban por orden de llegada y que sólo daba tiempo de que salieran al escenario ciento cincuenta números. Corríamos entre las montañas y el sol salió mientras trepábamos las colinas y pasábamos zumbando por delante de las granjas y dando tumbos por los caminos de campo. Hubo un momento en que íbamos derechos hacia el sol y el coche se llenó de esa luz amarilla anaranjada y dentro hacía calor, como si estuviéramos dentro de una yema de huevo o algo así. Y todo estaba bonito y por todas partes había esperanza y yo de golpe no me aguantaba de ganas de subirme al escenario.

Cuando llegamos se acercó a nosotros una chica con un portapapeles de clip y dijo *Qué número vais a hacer* y Jas dijo *Cantar y bailar* y la chica suspiró como si fuera la cosa más aburrida que había oído en su vida. Nos dio un número que era el ciento trece y dijo *Estaos preparados a las 5 de la tarde para actuar. Tenéis tres minutos en el escenario, o menos si no le gustáis al jurado*. Miré al reloj de la pared. Eran las once y diez.

En la sala de espera había un montón de gente. Payasos haciendo malabares con frutas, veinte niñas con tutús, cinco mujeres con perros que hacían trucos, nueve magos que sacaban animales del sombrero y un lanzador de cuchillos tatuado que cortaba una manzana en rodajas con una espada que sujetaba con los dientes, que los tenía de oro. Jas y yo encontramos dos sillas de madera en medio de la sala y esperamos.

El tiempo pasaba rápido. Repasábamos nuestro número cada media hora. Había tanta gente a la que mirar y tanto en lo que pensar que cada vez que miraba al reloj era como si las manecillas hubieran pegado un salto de treinta minutos hacia delante. No paraba de imaginarme a papá encontrándose la nota encima de la mesilla y corriendo a la ducha y eligiendo algo elegante que ponerse para el espectáculo. No paraba de imaginarme a mamá poniéndose un vestido bonito y diciendo *No es asunto tuyo adónde vaya, Nigel* y comprándonos una tarjeta de felicitación en la gasolinera de la autopista a Mánchester. Lo más probable era que se encontraran los dos fuera y sonrieran y sacudieran la cabeza y dijeran *Estos niños* como quejándose pero orgullosos, como si no pudieran creerse que hubiéramos tenido valor suficiente para montar una sorpresa tan grande. Se sentarían en las filas de delante y compartirían un helado y disfrutarían de todas y cada una de las ciento doce actuaciones que iban antes de la nuestra, pero entonces saldríamos nosotros y Jas estaría clavadita a Rose y papá se alegraría de haber vuelto a la vida normal y los dos dirían *Hala* cuando me vieran bailar con mi camiseta de Spiderman.

Ésa fue la primera cosa muy agradable en la que pensé en la sala de espera. La segunda cosa muy agradable tenía los ojos chispeantes y unas manos morenas que aplaudían más fuerte que nadie cuando yo cantaba mi última nota y me quedaba con los brazos en alto.

El número ciento cinco salió a escena. A Jas le empezó el tic en la pierna. Estaba tan pálida y parecía tan pequeña con su ropa nueva y su pelo nuevo que sentí un impulso de protegerla. Le puse el brazo por los hombros, aunque casi no llegaba, y ella sonrió y susurró *Gracias*. Se le trasparentaban todos los huesos y le dije *Deberías comer más*. Puso cara de sorprendida. *Ya estás bastante delgada* le dije y los ojos se le llenaron de lágrimas. Las chicas son raras. Nos dimos la mano y esperamos.

Ciento ocho. Ciento nueve. Ciento diez. Ya no quedaban más que dos actuaciones antes de la nuestra. La sala de espera se estaba quedando vacía. Olía a sudor y a pinturas para la cara y a comida pasada y parecía un horno porque los radiadores estaban a todo trapo. Empezó la música del número ciento once. El viejo había cantado sólo cinco notas cuando quitaron su disco y los jueces le dijeron que no tenía talento. El público empezó a corear *Fuera fuera fuera fuera* y Jas se puso de color verde. *No soy capaz* dijo, sacudiendo la cabeza y agarrándose el estómago. *De verdad que no soy capaz de hacer esto. Mi horóscopo dice que no debo correr ningún riesgo.*

El viejo salió por la puerta que daba al escenario y se derrumbó en una silla. Apoyó la cabeza calva en las manos y los hombros le temblaron porque estaba llorando. Las cámaras de la tele habían seguido su salida del escenario y le estaban haciendo un primer plano y él les decía *Déjenme* como si estuviera loco cuando en realidad lo que estaba era desilusionado porque ahí se había acabado su sueño. Llevaba lentejuelas por toda la camisa y lentejuelas por todo el pantalón y se tenía que haber tirado días para coserlas todas y sólo había conseguido estar diez segundos en el escenario.

*Sinceramente no soy capaz de hacer esto* dijo Jas, y miraba al viejo con cara de estar aterrorizada. *Mi ho-*

róscopo tenía razón. *Ha sido una mala idea. Lo siento, Jamie.* Incluso se levantó y empezó a marcharse. Hasta ese momento pensé que sólo estaba exagerando. *Espera* dije y me salió como un chillido. Me daba terror que Jas se fuera de verdad. *No te vayas por favor.* No me escuchó. Se puso a correr y estaba ya cerca de la puerta que decía SALIDA. La chica del portapapeles gritó *El número ciento doce* y un hombre vestido de Michael Jackson aspiró hondo y se puso de pie. Jas estaba en la puerta. Agarró con la mano el picaporte. No podía dejarla marcharse. *Piensa en mamá* grité. *Piensa en papá. Y en Leo.* Jas abrió la puerta y un soplo de aire helado se coló dentro pero ella no salió. Corrí hacia ella y la agarré de la mano. *Tú crees de verdad que lo está viendo* me preguntó en un susurro, con los ojos todos redondos y la cara blanca. *Sí* respondí. *Leo al dejarnos ha prometido que...* Ella negó con la cabeza. *No digo Leo* dijo, mordiéndose demasiado fuerte el labio. Le salió una gota de sangre enana de un corte. Se la secó con un dedo. Hasta se había quitado la pintura de uñas negra y se las había pintado de rosa pálido. *Digo mamá.*

Me volvió aquel presentimiento, más fuerte que nunca, y por primera vez entendí exactamente qué era. Duda. Si la envidia es roja la duda tiene que ser negra y la sala se me puso toda oscura y era lo contrario del coche de yema de huevo. Todo me pareció horrible y no había esperanza por ningún lado. Pensé en mi cumpleaños y en la posdata y en la Velada de los Padres pero asentí y le dije *Mamá está seguro.*

*No vino en Navidad* dijo Jas con la voz más finita que le he visto poner nunca. Una lágrima empezó a correr por su mejilla mientras en el escenario empezaba la música de *Thriller* de Michael Jackson. *No* dije con un nudo en las tripas. *Pero igual fue porque pensó que no estaba invitada.* Jas me miró con los ojos húmedos. *Yo la invité* murmuró y el nudo se me apretó aún más. Me acordé de que el día de Navidad Jas no paraba de mirar a cada poco a la ventana. *Le mandé una tarjeta y le pedí que viniera y nos hiciera el pavo.* Ahora estaba llorando fuerte y resultaba difícil oír lo que decía y me costaba concentrarme de lo mucho que me dolía la tripa. *Y también le escribí antes. Le conté todo lo de papá y le dije que necesitamos ayuda porque bebe demasiado y no se ocupa de nosotros como debería. Pero ella no vino, Jamie. Nos ha abandonado.*

En la tele, el anuncio que menos me gusta es uno que se llama Apadrina Un Perro. Se ven varios perros distintos que han sido abandonados por sus amos en contenedores o en cajas o en la cuneta de alguna carretera solitaria. Siempre se oye una música triste y los perros están con la cola caída y se les ve en los ojos la pena. Y el tipo ese con acento de Londres se pone a contar que los han abandonado y que a nadie en el mundo le importan lo bastante como para ocuparse de ellos. Y eso es lo que significa abandonado.

*Mamá nos quiere* dije, pero por dentro lo único que oía era aquel acento de Londres diciendo *Jamie necesita un nuevo dueño*, y tuve que hacer un esfuerzo para quitármelo de la cabeza. *Mamá nos quiere Mamá nos quiere Mamá nos...* Jas sacudió la cabeza y las coletas se balancearon junto a sus orejas. *No nos quiere, Jamie* respondió con la voz toda sofocada. *Cómo nos va a querer. Se largó sin nosotros. El día de mi CUMPLEA-ÑOS.* Esto último Jas lo dijo gritando porque yo me había tapado las orejas con las manos para no oírla. Me puse a cantar la canción de Michael Jackson. No

181

quería seguir escuchando. *El día de mi cumpleaños* volvió a decir, tirándome de las manos para separármelas de las orejas y tapándome la boca. *Y desde entonces no hemos vuelto a saber de ella.* Intenté que me soltara. *Eso es mentira* chillé, dando una patada en el suelo, muy enfadado de pronto. El lanzador de cuchillos nos miró y sacudió la cabeza pero a mí me daba igual. La sangre me hervía y me ardía el cuerpo entero y me daban ganas de patalear y dar puñetazos y chillar y aullar y echarlo todo fuera en un volcán gigantesco. *Eso no es verdad. A mí me mandó un regalo y es el mejor regalo que me han hecho en toda mi vida y me encanta y TÚ HAS DICHO UNA MENTIRA.*

La música de *Thriller* se detuvo.

*El número ciento trece.*

Jas abrió la boca para decir algo. Yo esperé, jadeando, pero entonces sacudió la cabeza como si cambiara de opinión. *Muy bien. Mamá te mandó un regalo de cumpleaños. Pues vaya cosa.*

*El número ciento trece* volvió a decir la chica del portapapeles, con tono de estar harta. Paseó la vista desde la señora mayor con zapatos de claqué, pasando por un niñito con un papagayo, hasta nosotros. *Dónde está. El número ciento trece, que salga ya.*

Jas se secó los ojos y se miró la ropa. *Mírame* dijo en voz baja, alisándose hacia abajo el vestido de flores. *Mírate a ti.* Yo me toqué los imperdibles de la manga de la camiseta. *Mira lo que hemos hecho por ellos. Y para qué, Jamie. Mamá no es capaz de separarse de Nigel ni para venir hasta aquí* dijo Jas y me puso la mano en la cabeza y me sentí seguro y paré de jadear y traté de tranquilizarme. *Y papá estará demasiado borracho para levantarse de la cama. Estamos perdiendo el tiempo.*

Apoyé mi mano en la suya. *Pero a lo mejor no* dije y me tragué toda la duda y toda la desilusión y todo el enfado, y por poco se me atascan en la garganta, como esas pastillas de vitaminas que cuesta pasarlas hasta con agua. *Por favor, Jas. Por favor. No vaya a ser que lo estén viendo. No los quiero dar por perdidos.* Jas cerró los ojos como si estuviera pensando.

*El número ciento trece* gritó la chica, dando golpecitos con el bolígrafo en el portapapeles. *Se le está acabando el tiempo. El jurado está esperando y como no venga lo que es AHORA mismo habrá perdido su oportunidad.*

Le toqué el brazo a Jas. *Por favor.* Abrió los ojos y se quedó mirándome y sacudió la cabeza. *Es una pérdida de tiempo, Jamie. No han venido. No puedo soportar que te lleves una decepción... otra más.*

*El número ciento trece.* La chica echó una última mirada por la sala y luego hizo una gran cruz en el portapapeles. *Muy bien. Pues entonces que pase el número ciento catorce.*

## 19

Las piernas se me doblaron y me caí al suelo. Me tapé la cabeza con las manos. La señora mayor se dirigió al escenario y sus zapatos de claqué retumbaron por toda la sala de espera.

*Espere* chilló Jas y mi corazón paró de latir. *Espere. El ciento trece somos nosotros. Estamos aquí.*

Levanté la vista y Jas me ofreció la mano. Me agarré a ella y me ayudó a levantarme. *Lo voy a hacer por ti* me susurró y los lados de la boca por poco me tocan las orejas porque se me puso la sonrisa más grande de toda mi vida. *Ni por mamá. Ni por papá. Ni por Rose. Por ti. Por nosotros.* Yo asentí y corrimos hacia delante y el corazón se me puso en marcha con un BUMBA que me sacudió las costillas. La chica del portapapeles suspiró impaciente. *No debería dejaros pasar* nos soltó, pero abrió la puerta del escenario y subimos a toda velocidad la escalera y de golpe había focos y cámaras y cientos de ojos que brillaban en la oscuridad del teatro.

Salimos al escenario. El público se quedó callado. Reconocí de la tele a uno de los miembros del jurado. Al ver mi camiseta puso cara de desprecio. *Así que os llamáis* dijo. Yo no sabía si debía responder Spiderman, o James Aaron Matthews, o simplemente Jamie, así que dije las tres cosas. El público se rió con disimulo y yo me pregunté si mamá y papá y Sunya habrían venido. Jas me estrujó la mano. La tenía toda pegajosa de sudor. *Y tú quién eres* dijo el hombre y mi hermana respondió *Jasmine Rebecca Matthews*, y él dijo *Así que no eres Supergirl ni Catwoman* con aquel sarcasmo mortal suyo. A Jas le empezó a temblar el brazo. Me habría gustado darle de patadas al miembro aquel del jurado por asustarla.

*Qué número vais a hacer* preguntó la señora del jurado. Murmuré *Vamos a cantar y a bailar*. El hombre bostezó. *Qué original* dijo y cientos de personas se rieron y la señora le dio un golpecito en la mano y le dijo *No te pases* pero luego se rió ella también. Yo traté de sonreír como si hubiera pillado la broma pero tenía los dientes demasiado secos y el labio de arriba se me quedó pegado. *Qué vais a cantar* dijo la señora cuando se volvió a hacer el silencio. Jas susurró *El Valor para Volar*. Los dos miembros del jurado refunfuñaron y el hombre hizo como si se diera de cabezazos contra su mesa y el público volvió a soltar la carcajada una vez más. Levanté la vista hacia Jas. Ella estaba intentando ser valiente pero vi que tenía lágrimas en los ojos y me sentí fatal porque había corrido aquel riesgo por mí y no estaba valiendo la pena. Yo esperaba a medias que papá saliera a defendernos o que mamá saltara al escenario y dijera *Cómo os atrevéis a hacerles esto a mis hijos*. Pero no pasó nada.

El hombre dijo *Pues venga, id empezando* como si le estuviéramos aburriendo y de golpe se me quitaron las ganas de hacer la coreografía y de cantar la canción.

Me pareció que eran demasiado valiosas para interpretarlas ante gente que no comprendía. Bajo los focos hacía calor y la camiseta de Spiderman se me pegaba al cuerpo. Era como si me estuviera más grande que nunca, o como si yo fuera más pequeño que nunca, y me di cuenta de que no me quedaba bien. Mamá se iba a llevar una decepción y me sentí culpable, como si le estuviera fallando.

Como no habíamos llevado un disco y nadie nos hacía caso, no sabíamos cuándo empezar. Nos quedamos ahí parados. Todo el mundo estaba esperando. Se oyeron unos cuantos abucheos. Yo no quería que mamá y papá los oyeran pero tampoco me atrevía a cantar. El público empezó a corear *Fuera fuera fuera fuera* y a Jas ahora le temblaba todo el cuerpo, no sólo el brazo. No era eso lo que se suponía que iba a ocurrir. Todo se estaba torciendo y yo no sabía cómo arreglarlo.

*Fuera fuera fuera fuera.*

El pánico me subió por el pecho como una de esas olas de playa que de pronto lo arrasan y lo inundan todo. *Fuera con estos dos* gritó de pronto el tipo del jurado, agitando la mano como si estuviese espantando una mosca. *Esto es una pérdida de tiempo.*

*NO.* Lo dijo Jas muy alto, fue más un grito que otra cosa, y el público se quedó en silencio. *NO.* Los miembros del jurado miraron con sorpresa a Jas. Ella les sostuvo la mirada toda valiente y estupenda ya sin una sola lágrima ni un rastro de temblor y de pronto allí estaba mi hermana cogiendo impulso, sonriendo al cielo como si nada en el mundo pudiera achantarla. Y al ver que ella no tenía miedo, yo tampoco lo tenía. Y entonces empezamos a cantar.

Tu sonrisa hace que mi alma toque el cielo.
Tu fuerza me da valor para volar.
Subo como una cometa, atado y libre.
Tu amor hace brotar lo me...

Duramos más que el viejo. Puede que lográramos meter quince o dieciséis notas. Yo no oí al jurado decir *Basta* porque estaba corriendo por el fondo del escenario, batiendo las alas como un hada, o un pájaro, o lo que sea lo que vuela en la canción. Cuando me di cuenta de que Jas había parado de cantar dejé caer los brazos y el trozo que me separaba de la parte de delante del escenario se me hizo más largo que un maratón, que según la señora Farmer son veintiséis con dos millas y no es demasiado bueno para las articulaciones de las rodillas.

*Nunca me había sentido tan impresionado y tan horrorizado al mismo tiempo* dijo el hombre. *Ha sido maravilloso y espantoso. Fantástico y horrible.* Yo no tenía ni idea de lo que estaba pasando a mi alrededor y tampoco estaba escuchando de verdad porque estaba mirando al público para ver si lograba encontrar a mamá. *Tú has sido la parte horrible* dijo el tipo, señalándome a mí. *O sea, a ti te parece que eso que acabas de hacer es bailar.* Era una pregunta pero al parecer no necesitaba respuesta así que me limité a encogerme de hombros. El tipo puso una de sus sonrisitas sarcásticas y levantó las cejas y el público se rió. *Pero tú*, continuó, señalando a Jas. *Tú has sido la parte maravillosa. Ha sido absolutamente magnífico. Dónde has aprendido a cantar así.* Jas parecía sorprendida y dijo *Me enseñó mi madre cuando era pequeña pero llevaba cinco años sin cantar.* El hombre le susurró algo a la señora tapándose la boca con la mano. Las cámaras se acercaron a ellos y luego a nosotros. El público contuvo la respiración. *Sí, sí, estoy de acuerdo* dijo la señora y el hombre se volvió hacia nosotros con una sonrisa. *Nos gustaría volver a verlo* dijo, y Jas asintió y yo me preparé para batir las alas y cantar la primera nota. *Sin la coreografía. Sin tu hermano.*

Jas me miró como sin saber qué hacer, pero yo le enseñé el dedo pulgar. Me llevé una desilusión, pero era mejor que siguiera ella sola que que nos descalificaran a los dos. Y yo sé que a ella se le da mejor que a mí así que tampoco era para tanto. Yo no canto mal pero la que tiene voz de ángel es ella. Pensé que ojalá papá estuviera prestando atención.

El hombre me señaló unos escalones que había en un lado del escenario que llevaban al público. Me fui para allá y me senté mientras Jas cogía aire con fuerza. Las luces del escenario desaparecieron, todas menos una. Jas estaba deslumbrada y guiñaba los ojos. Cogió aire con fuerza y el hombre se cruzó de brazos y se echó hacia atrás en su silla. La señora apoyó la barbilla en una mano. Jas se acercó al borde del escenario y el foco la siguió. *Cuando tú quieras* dijo el hombre y Jas empezó. Primero bajito. Temblando. Pero a los tres segundos los hombros se le relajaron y la boca se le abrió más y sonaba fenomenal. Subió por el aire como aquella cometa de Saint Bees.

Jas cantó con todo su ser. Cantó con los ojos y con las manos y con el corazón, y cuando llegó a la nota más alta el público se puso de pie y los miembros del jurado aplaudían y todo el mundo daba gritos de entusiasmo pero nadie tan fuertes como yo. Me olvidé de dónde estaba. Me olvidé de que estaba en un escenario delante de cientos de personas y puede que de mamá y puede que de papá y de un montón de cámaras de televisión. Me olvidé de todo menos de mi hermana y de la letra de la canción. Por primera vez entendí lo que decía y me entró un sentimiento de valor que parecía que tenía al león del cielo en algún lugar dentro del pecho.

La canción se terminó. Jas hizo una pequeña inclinación mientras el teatro se venía abajo de los aplausos. Los miembros del jurado me señalaron a mí y luego al centro del escenario. Me puse de pie sintiéndome un niño diferente y tenía la esperanza de que mamá notara que echaba hacia atrás los hombros y que inflaba el pecho como una gaita hinchada a orgullosos soplidos por un escocés.

*Bueno, la canción era una porquería* empezó el hombre. Se oyeron abucheos pero esta vez estaban de nuestra parte. *Una elección muy desacertada de verdad.* Yo tenía la sonrisa puesta y Jas también. No nos importaba lo que pensara el jurado. Ya no. *La coreografía era espantosa. Y tú, joven Spiderman, bueno, puede que seas un superhéroe pero lo que está claro es que no sabes cantar.* Jas me puso la mano en el hombro. *Pero tú, jovencita. Sólo te voy a decir...* hizo una pausa teatral y miró a Jas directamente a los ojos *...que ésta ha sido la mejor actuación que he visto hoy en todo el día.* El público aplaudió. *Te veremos en la próxima ronda.* El público gritó y aplaudió. *Sin tu hermano, por supuesto.* El público se rió. *Siguiente* gritó el hombre y llegó el momento de marcharse. Me dirigí hacia la salida del escenario.

*Pues no* dijo Jas y yo me paré y giré en redondo y los miembros del jurado levantaron las cejas. *Que no qué* dijo el hombre. Con voz alta y clara Jas replicó *No me verán en la próxima ronda.* El público dio un respingo. El hombre parecía estupefacto. *No digas tonterías* dijo. *Es la oportunidad de tu vida. Este concurso te puede cambiar la vida.* Jas me agarró la mano y me la apretó. *Y qué pasa si no queremos que nos la cambien* dijo y entonces miró no al jurado, sino al público. Levantó la voz y me di cuenta de para quién estaba hablando. *No pienso cantar sin Jamie. No pienso abandonar a mi hermano. Las familias tienen que mantenerse juntas.*

Salimos del escenario entre el sonido de unos aplausos que duraron horas. La chica del portapapeles sacudió la cabeza pero todos los demás artistas nos rodearon. Dijeron *Ha sido impresionante* y *Enhorabuena* y, aunque era sobre todo por Jas, me pareció que una mínima parte era por mí y me sentí bien. Me acerqué a nuestros admiradores y les di la mano uno por uno como Leo o como Wayne Rooney y tuve la sensación de que la camiseta me quedaba perfecta y de que yo ya era mayor. Puede que al final sí fuera distinto haber cumplido ya una década. Luego nos sentamos y esperamos a que acabara el espectáculo y no hablamos porque nuestra felicidad era demasiado grande para las palabras.

*Vamos a buscar a Leo* dijo Jas una hora más tarde cuando la última actuación, un hombre que cantaba ópera haciendo el pino con cabeza, hubo terminado. Salimos de la sala de espera. Fuera estaba oscuro y seguía cayendo nieve. Nos dirigimos a la entrada principal y tenía en el techo grandes lámparas de cristal de esas pijas que parecían pendientes gigantescos. La alfombra era roja y los pasamanos eran dorados y el teatro entero olía a dulces y a éxito. Yo estaba buscando a Sunya y buscando a papá y buscando buscando buscando a mamá, con una sonrisa del tamaño de una medialuna en la cara.

Nos abrimos camino a empujones entre la multitud y todo el mundo nos miraba y asentía con la cabeza y sonreía porque nos habían reconocido del concurso. Un hombre levantó la mano para hacerme un choca esos cinco pero yo no le acerté. Una anciana graznó *Me habéis hecho llorar* y yo dije *Cállese* pero Jas dijo *Gracias* así que debía ser una alabanza, aunque había sonado fatal. Jas buscaba pinchos verdes y yo chispas marrones y estirábamos el cuello y clavábamos los ojos y andábamos a zancadas volviendo la cabeza hacia los lados y entonces nos

PARAMOS. Los vimos los dos exactamente en el mismo instante. A veinte metros de nosotros. Dos caras, cada una mirando hacia un lado. En silencio. Como desconocidos. No Leo. Ni Sunya. Papá y mamá.

¡Mamá!

Grité todo lo fuerte que pude pero ella no me oyó.

¡¡Mamá!!

Había demasiada gente apelotonándose a la puerta del teatro. Un hombre disfrazado de payaso me empujó a un lado. *Has estado maravilloso* chillaba su mujer, besándole la nariz roja y brillante. Me puse de puntillas intentando ver a mamá por encima de sus cabezas.

Botas negras.

Vaqueros.

Abrigo verde.

Y manos.

De color rosa, vivas, manos de verdad que agarraban con fuerza un bolso negro, jugueteando con la cremallera plateada. Manos que habían hecho cenas y despejado dolores de cabeza y me habían metido jerseys por la cabeza en los días fríos. Manos que me habían arropado en la cama. Manos que me habían enseñado a dibujar.

*Por todos los santos* dijo Jas. *Ha venido de verdad.* Nos quedamos allí parados mirándola, con el teatro resonando a nuestro alrededor.

Mamá estaba morena. Tenía alrededor de los ojos un montón de arrugas que yo no le había visto antes. Y se había cortado el pelo corto. Lo tenía un poco gris por los lados y con reflejos rubios por arriba. Estaba distinta. Pero estaba allí. Me alisé hacia abajo la camiseta y me coloqué el cuello y me puse bien las mangas, sin quitarle en ningún momento a mamá la vista de encima no fuera a ser que desapareciera.

De pronto nos vio. Jas soltó un taco. Yo agité la mano y mamá se puso roja y levantó el brazo pero no movió la mano. La volvió a dejar caer. Le dijo algo a papá y él ni la miró. *Allá vamos* susurró Jas rodeándome con el brazo. Sentí cómo le subían y le bajaban las costillas mientras nos abríamos paso entre la multitud.

El tiempo se volvió demasiado lento y demasiado rápido, las dos cosas a la vez, y allí estábamos ya delante de mamá y en el espacio que nos separaba había tal cantidad de sentimientos explotando que el aire crujía como el arroz hinchado de los Krispies. Esperé a que me diera un abrazo, o un beso en la cabeza, o que se fijara en mi camiseta de Spiderman, pero lo único que hizo fue sonreír y luego clavó la vista en el suelo.

*Hola* dije. *Hola* respondió mamá. *Hola* murmuró Jas. Me eché hacia delante y abrí los brazos. Mamá no se movió. Yo ya había ido demasiado lejos para dar marcha atrás en lo del abrazo. Tenía que seguir adelante con él. Avancé hacia mamá y la rodeé con mis brazos, asombrado de ver que le llegaba casi al hombro cuando antes era como un palmo más bajo. *Ha encogido* pensé, lo cual era absurdo, pero así fue como lo sentí. El contacto entre nosotros duró menos de dos segundos. Yo quería que el abrazo fuera perfecto, pero resultó frío y duro y me hizo pensar en piezas de puzzle que no encajan, por muy fuerte que las aprietes.

*Vuestra canción ha sido estupenda* dijo mamá cuando se soltó. Sus palabras sonaron vacías, como si estuvieran escritas con un lápiz muy fino en un papel grande y hubiera demasiado espacio entre letra y letra. *Qué talento tienes.* Yo dije *Gracias* mientras mamá añadía *Vaya voz.* Le estaba hablando a Jas, no a mí, y me puse rojo.

Silencio.

Yo quería contarle a mamá lo de mi gol y lo de las jugarretas de Halloween y lo del pollo negro de la cena que hizo papá con el horno. Quería contarle lo de la señora Farmer y las pililas del nacimiento de Daniel y que me había hecho amigo de una niña que era la más buena del mundo, quitando a mi hermana. Si mamá me hubiera preguntado, o incluso si hubiera mirado hacia mí, lo habría desembuchado todo. Pero ella seguía mirando al suelo.

*Vamos a salir de aquí* dijo al final papá. Mientras salíamos del teatro, hizo una cosa que no había hecho antes. Me puso la mano en el hombro y me dio un apretón.

La acera estaba helada y los copos de nieve parecían de color naranja al pasar revoloteando ante las farolas. Se oyó un claxon y Leo pasó pisando el acelerador, el pelo verde detrás del volante negro, y se alejó zumbando por la calle. *Quién era ése* preguntó mamá, y Jas se encogió de hombros. Resultaba demasiado difícil de explicar. Mamá se había perdido demasiadas cosas. Pero se iba a poner al día. Yo la iba a ayudar. Teníamos todo el tiempo del mundo.

Papá se sacó del bolsillo las llaves del coche. Las hizo repiquetear en la mano. *Estamos* le preguntó a Jas. Ella asintió. *Y tú, Jamie* dijo, y yo sonreí de oreja a oreja. Aquello era lo que yo había estado deseando.

Me estaba preguntando si mamá llamaría por teléfono a Nigel para decirle que habían terminado y si le diría que era un cerdo, cuando dijo *Supongo que volveremos a vernos pronto*. Pensé que se refería a *En cuanto lleguemos a vuestra casa* porque ella tenía que ir en su coche así que le dije *Yo voy contigo*. A Jas se le subieron los hombros hasta las orejas como si acabara de ver un perro corriendo hacia la carretera y no pudiera hacer nada para evitar el accidente. Papá se puso pálido y cerró los ojos. Mamá se frotó la nariz. Yo no entendía por qué se comportaban todos de forma tan rara. *Yo te enseño el camino* le dije y ella preguntó *De vuelta a Londres* y entonces lo entendí.

*Era sólo una broma* dije y me esforcé en reírme pero cada *ja* era una quemadura en mi garganta. Mamá sacó unos guantes de su bolso y se los puso en las manos de color rosa. *Bueno, pues adiós* dijo. *Me ha encantado veros. Estáis estupendos.* Papá resopló. Mamá se mordió el labio. Pasó un autobús por la nieve medio derretida y le empapó a Jas las piernas desnudas.

*Toma* dijo mamá, sacando de su bolso un clínex. Se lo dio a Jas, que se quedó mirándolo inexpresiva. *Sécate las piernas* dijo mamá, de pronto otra vez con su voz normal. Impaciente. Un poco irritable. Era el mejor sonido del mundo. Jas hizo lo que ella le decía. *Estás muy guapo* me dijo mamá mientras Jas se frotaba las espinillas. Yo saqué pecho de modo que la tela azul y roja quedara justo delante de sus narices. Ella ni siquiera la miró. *Te pareces mucho a tu hermana.*

*Vámonos* dijo rápidamente papá. *Está empezando a cuajar la nieve.* Mamá asintió. *Nos vemos muy pronto* mintió, tocándole el hombro a Jas y acariciándome la cabeza. *Y enhorabuena.*

Mamá se alejó, con el chapoteo de sus botas negras y el frufrú de su abrigo verde. No reconocí su ropa. Era nueva. Me pregunté cuándo se la habría comprado. El día de mi cumpleaños. O la tarde del partido de fútbol. O la de la Velada de los Padres.

Y de golpe me vi corriendo detrás de ella, pasando entre bailarines y cantantes y cientos de caras felices, todas rojas de frío. *MAMÁ* grité a todo lo que me daba la voz. *MAMÁ.* Ella se dio la vuelta. *Qué pasa, mi niño* me preguntó y me dieron ganas de gritar *NO ME LLAMES ASÍ* pero tenía cosas más importantes que decirle.

Estábamos delante de un restaurante italiano y me llegaba el olor a pizza y habría debido tener hambre pero me dolía demasiado la tripa para comer. Oí a la gente riéndose y a los camareros hablando y el sonido de los vasos al chocar como cuando se hace un brindis.

El restaurante estaba iluminado con velas y pensé que ojalá yo estuviera allí dentro, y no en la fría calle gris.

*Qué pasa* dijo mamá otra vez. Yo no quería preguntárselo. Me daba miedo la respuesta. Pero pensé en Jas y en el estribillo de la canción y me obligué a ser valiente. *Mañana tienes que ir a trabajar* jadeé. Mamá parecía desconcertada. Se arrebujó en el abrigo. *Por qué* dijo, como temiendo que le fuera a pedir que se quedara un poco más. *Sólo quería saberlo* resoplé. Sacudió la cabeza. *No. Hace meses que dejé de dar clases.*

Todo me empezó a dar vueltas. Pensé en una bola del mundo en su soporte de metal y una mano que la hacía girar una y otra vez. *Entonces no trabajas para el señor Walker* le pregunté, dándole ocasión de cambiar de respuesta, odiando a mi corazón por latir como loco con esa última migaja de esperanza. Mamá volvió a sacudir la cabeza. No dijo. *Ahora no trabajo. He estado fuera. De viaje. Nigel tenía que hacer unas investigaciones para su libro sobre Egipto y me fui con él. No hemos vuelto hasta Nochevieja.* Bueno, eso explicaba el moreno.

Mamá abrió su bolso una vez más. Sacó cuatro sobres, dos escritos con mi letra y los otros dos con la de Jas. *No me llegaron a tiempo* dijo en voz baja, como si estuviera disculpándose, como si pretendiera que yo le dijera que no pasaba nada porque se hubiera perdido la Velada de los Padres, que estaba muy bien que se hubiera perdido la Navidad. *Habría venido* dijo. No sé si estaba diciendo la verdad.

Yo tenía una pregunta más y ésa era aún más difícil de hacer. El mundo giró más rápido, los coches y la gente y los edificios en una nebulosa mareante alrededor de mamá y de mí. *La camiseta* empecé, con los ojos en un charco del suelo. *Ah, sí* dijo ella. *Quiero decir.* Sonrió.

*Es fantástica.* Y yo, a pesar de todos los pesares, le devolví la sonrisa. Frotó la tela con el índice y el pulgar. *Es una camiseta preciosa. De dónde la has sacado. Te queda perfecta, James.*

## 20

No hablé ni siquiera cuando estuvimos de vuelta en nuestra casa y papá me preguntó si quería una taza de chocolate. Me había pasado el día entero pensando a saber por qué en terremotos, y al entrar en el recibidor no veía más que el suelo que temblaba y los edificios cayéndose en algún lugar lejano como China. Me pregunté si habría terremotos en Bangladés y si Sunya querría hablarme de ellos en el colegio. Sunya no había venido al concurso de talentos a pesar de que yo la había invitado en la tarjeta de Navidad y había cubierto el *Por favor* con purpurina dorada. Debía de estar todavía enfadada conmigo así que hasta que pasara algún tiempo no iba a querer hablar de desastres naturales. *Quieres una taza de chocolate* dijo suavemente Jas. Yo asentí y subí las escaleras en busca de Roger. En mi cuarto no estaba. Me senté en el alféizar y me quedé mirando mi reflejo en el cristal. La camiseta de Spiderman me pareció un asco.

A lo mejor mamá estaba de broma. O ya no se acordaba de que me la había mandado.

Sí. Tenía que ser eso. Asentí y mi reflejo asintió también.

Ya no se acordaba.

A mamá siempre se le olvidan las cosas. Va al supermercado y no se acuerda de lo que quería comprar. Y nunca encuentra las llaves porque se le olvida dónde las ha puesto. Una vez aparecieron en el congelador debajo de una bolsa de guisantes congelados y ella no tenía ni idea de cómo habían ido a parar allí. Tampoco era tan extraño que se le hubiera olvidado una cosa que había ocurrido hacía ciento treinta y dos días.

Entró papá con mi chocolate. De la taza azul salía una espiral de humo. *Aquí tienes* dijo, sentándose en mi cama. Desde que nos mudamos a la casa, papá sólo había entrado en mi cuarto una vez y fue porque estaba borracho y tenía que ir al cuarto de baño.

Yo no sabía qué decir así que le di unos sorbos al chocolate aunque estaba demasiado caliente y me quemaba la lengua. *Está bueno* preguntó, asintiendo hacia la taza. No lo estaba, pero de todas formas dije *Mmmm*. Le había faltado revolver bien el cacao en polvo. Se había quedado todo en el fondo de la taza como una especie de fango. Pero estaba caliente y era dulce y lo había hecho papá, así que estaba bien. Mirándome beber parecía muy satisfecho de sí mismo. *Es bueno para los huesos. Te vas a poner más alto y más fuerte que Rooney si te tomas uno al día* dijo. *Yo te lo hago.* Se estaba poniendo rojo y se frotaba la barbilla con la mano haciendo aquel ruido suyo con los pelillos. Yo dije *Vale* y él, al levantarse, me apretó el hombro por segunda vez en aquel día.

*Voy a ir a la obra el lunes temprano* dijo de pronto, contemplándose el pie mientras lo movía de atrás adelante y de 'delante atrás por la moqueta. *Si todavía me quieren coger. Me vendrá bien. Un motivo para levan-*

*tarme de la cama.* Se aclaró la garganta aunque no tenía nada en ella. *Un motivo para mantenerme sobrio.*

Cuando me echo el desodorante, las gotitas minúsculas se quedan horas flotando en el aire sin desaparecer. Eso mismo fue lo que hizo la palabra *sobrio.* Se quedó allí sin más y yo no quería levantar los ojos porque no quería verla flotando en círculos alrededor de papá. Fijé la vista en el cacao en polvo del fondo de mi taza como si fuera la cosa más interesante que había visto en mi vida. Era de un marrón oscuro casi negro y al secarse hacía formas curiosas. Jas lee el horóscopo y hay gente que lee la mano y gente que lee los posos del té para predecir el destino. Examiné entornando los ojos aquellos grumos de cacao en polvo pero no me revelaron nada de mi futuro. *Has terminado* preguntó papá y yo dije *Sí.* Cogió la taza y salió de mi cuarto.

Yo no podía dormir. Estaba tumbado en la cama con dolor de tripa y me volví hacia el lado derecho y luego de espaldas y luego hacia el lado izquierdo y luego me puse boca abajo pero no lograba ponerme cómodo. La cama estaba demasiado caliente y le di la vuelta a la almohada para apoyarme en algo fresco. Seguía diciéndome *Se le ha olvidado que me la mandó se le ha olvidado que me la mandó* pero me había vuelto a entrar la duda y todo estaba negro y yo mismo no me creía las palabras que me rondaban la cabeza.

Mamá había dejado su trabajo hacía meses. Mamá no trabajaba para el señor Walker ni para ningún otro jefe malvado. Mamá no había tenido que ir a dar clase el día que la invité a la Velada de los Padres. Y ni siquiera estaba en este país cuando Jas la invitó por Navidad.

Estaba en Egipto con Nigel mientras nosotros nos

quedábamos sentados en nuestra casa de campo, esperándola.

Pero había ido al teatro. Había conducido desde Londres hasta Mánchester para ver nuestro espectáculo. Eso tenía que significar algo.

Me sentía inseguro y aturdido. No sabía qué pensar. Todo lo que me parecía sólido y seguro y grande y verdadero se había desmoronado. Como los edificios en un terremoto. No sólo los había en China o en Bangladés. En mi cuarto había uno que estaba haciendo que las cosas se movieran y que algunas se estrellaran contra el suelo y cambiando para siempre mi vida.

La abuela dice *Ten cuidado con los deseos porque podrían hacerse realidad* y yo siempre pensé que eso era una tontería. Hasta ahora. *Llama a este número y cambia tu vida.* Ojalá no me hubiera acercado al teléfono.


Cuando abrí los ojos, la luz del sol entraba por la ventana. Parpadeé doce veces para que se me acostumbrara la vista. Di un bostezo que hizo que me doliera la cabeza y me noté los ojos hinchados. No había dormido demasiado bien. Salí de la cama y esperaba que Roger me frotara el lomo naranja por las espinillas y me enroscara la cola en los tobillos, pero Roger no estaba. No lo había visto después de volver del concurso. Miré por la ventana. El jardín estaba casi demasiado brillante para mirarlo con el sol reflejándose en la nieve. Pude más o menos ver el árbol y el estanque y los arbustos. Pero no a Roger.

Corrí a la cocina. Miré el cuenco de Roger. Su comida seguía ahí. No se la había comido. Fui a toda prisa al salón. Miré detrás del sofá. Busqué por detrás de las sillas. Me eché a correr escaleras arriba. Extraños olores químicos salían de debajo de la puerta de Jas. Giré el picaporte y entré. *Sal de mi cuarto* chilló. *Estoy desnuda.* Lo más probable era que fuera mentira pero yo cerré los ojos. *Has visto a Roger* pregunté. *No lo he visto desde ayer por la mañana* respondió. *Lo sacaste del salón cuando estábamos practicando la coreografía.* Si el sentimiento de culpa fuera un bicho, sería un pulpo. Todo viscoso y retorcido y con cientos de tentáculos que se te enroscan en las tripas y te las aprietan fuerte.

Fui al cuarto de papá. Estaba dormido, tumbado de espaldas con la boca abierta, roncando a todo volumen. Le sacudí el hombro. *Qué pasa* gruñó tapándose la cara con el brazo y lamiéndose los labios resecos. Los tenía manchados de una cosa marrón que parecía cacao y no olía demasiado a alcohol. *Has visto a Roger* pregunté y papá dijo *Le abrí la puerta de la calle ayer antes de salir para Mánchester* y luego se volvió a quedar dormido.

Me calcé las botas de agua, me puse un abrigo y salí.

Busqué por el jardín de atrás. Grité el nombre de Roger. No pasó nada. Imité los chillidos de los ratones y los de los conejos para ver si así se le pasaba el enfado y se ponía a cazar. No salió de su escondite. Miré en la copa del árbol para asegurarme de que no se había enganchado en alguna rama y busqué huellas de sus pisadas pero la nieve estaba recién caída y sin estrenar. El estanque se había derretido y vi a mi pez nadando y le dije *Hola otra vez* antes de salir del jardín.

Roger no es un gato nada cascarrabias así que me sorprendía que siguiera de mal humor. Fui andando por la calle con la cabeza caliente por el sol y los pies fríos por la nieve. Cada vez que algo se movía, yo esperaba ver aparecer la cara naranja de Roger. Primero era un pájaro y luego fue una oveja y luego un perro gris que corría por el camino con un lazo rojo de Navidad atado al cuello. Lo acaricié y le dije *Qué buen perro* al dueño. *Tiene casi demasiada energía para mí, chaval* dijo el viejo, que iba fumando en pipa y llevaba en la cabeza una gorra plana. Tenía el pelo exactamente del mismo color que el perro y un gesto amable y los ojos marrones con grandes párpados que hacían que pareciera que tenía sueño. *Ha visto usted un gato* pregunté. *Uno pelirrojo* preguntó el hombre frunciendo el ceño. *Sí* respondí riéndome, porque el perro de un salto me había puesto las patas heladas en la tripa. *Abajo, Fred* murmuró el hombre. Fred movió la cola y no le hizo caso. *Un gato pelirrojo* volvió a decir el hombre, y yo no entendí por qué se ponía pálido ni por qué le temblaba la mano al señalar la calle. *Allí.*

*Gracias* le dije aliviado. Me quité a Fred de encima. Me lamió las manos y sacudió el cuerpo entero. *Lo siento* dijo el hombre con la voz toda temblorosa. *Lo siento muchísimo.*

Fue entonces cuando lo comprendí.

Fue entonces cuando comprendí que Roger no se estaba escondiendo. Fue entonces cuando comprendí que no era un simple enfado. Sacudí la cabeza. *No* dije. *No.* El viejo masticó la boquilla de su pipa. *Cuánto lo siento, chaval. Creo que tu gato...*

*NO* rugí, apartando de un empujón al viejo de mi camino. *NO.* Corrí por la calle, con miedo de lo que me podía encontrar pero desesperado por encontrar a Roger para que aquel viejo viera que se había equivocado, que Roger estaba bien, que mi gato sólo había...

Ay.

En mitad de la nieve blanca había un bulto naranja.

Muy pequeño. Tirado en la calle. A cincuenta metros. *No es él* me dije a mí mismo pero se me heló la sangre igual que cuando la bruja de Narnia hizo que fuera invierno pero sin Navidad. En la cabeza me daba el sol pero yo no lo sentía. No quería dar un paso más pero mis pies no escuchaban a mi cerebro y siguieron andando deprisa, demasiado deprisa, por la calle adelante. Podía ser un zorro. Estaba a treinta metros. Por favor que fuera un zorro. Veinte metros. Era un gato. Diez metros. Y estaba cubierto de sangre.

Me quedé mirando a Roger. La purpurina de la cola soltaba destellos a la luz del sol. Esperé a que se moviera. Esperé durante cinco minutos enteros a que se le moviera algo, lo que fuera. Pero Roger no se movía. Se le veían las patas demasiado tiesas y las orejas demasiado de punta y los ojos los tenía como canicas verdes de cristal.

Me horrorizan las cosas muertas. Me dan miedo. El ratón de Roger. El conejo de Roger. Roger. Cogí aire con fuerza. No me sirvió de nada. El pulpo me había agarrado los pulmones y me los estaba apretando fuerte. No había aire suficiente. Nunca iba a haber aire suficiente. Empecé a jadear.

Pensé en la última vez que había visto a Roger. Se había puesto a ronronear en mis brazos pero yo lo eché a la alfombra del recibidor. Le cerré la puerta en la cara cuando él lo único que quería era que lo acariciara. No hice caso de sus maullidos en la puerta y ni siquiera le dije adiós cuando me fui al concurso. No le había dicho adiós. Y ahora ya era demasiado tarde.

Por debajo de Roger la nieve estaba roja. Un soplo de viento inesperado le despeinó el lomo y me dio la impresión de que tenía frío así que di un paso cauteloso hacia delante. Mis dientes hacían un ruido rítmico en mi cabeza. Los hombros se me movían para arriba y para abajo al tratar de que me entrara el aire en los pulmones. Ahora estaba a sólo dos metros. Me puse de rodillas y me acerqué a gatas. Despacio. Despacio. El corazón me daba saltos en el pecho.

En el costado de Roger había un tajo abierto. Tenía un aspecto profundo y gelatinoso. Las patas delanteras las tenía dobladas en un ángulo raro. Rotas. Partidas. Pensé en Roger acercándose con sigilo a los arbustos y en Roger corriendo por el jardín y en Roger saltando de mis brazos y aterrizando sobre unas patas fuertes que todavía funcionaban. Me resultaba insoportable pensar en él todo despanzurrado y rajado y helado. Yo tenía que hacer algo.

Saqué un dedo. Moví el brazo hacia delante. Con la yema le rocé el pelo pero la mano se me fue sola hacia atrás como si me hubiera quemado. La respiración se me aceleró tanto que me estaba mareando. Lo intenté otra vez. Y otra y otra y otra. Me acordé del conejo que recogí del suelo con unos palitos y del ratón que envolví en un papel y, a saber por qué, de Rose. Rose volando en pedazos. La garganta me ardía y me dolía. Intenté tragar pero no me bajaba la saliva.

Al sexto intento lo toqué. Me temblaba el brazo y la mano me sudaba pero la apoyé en el lomo de Roger y ahí la mantuve. El tacto era diferente. Me acordé de todas las veces que le había metido los dedos entre el pelo y había tocado piel caliente y un corazón que latía y costillas que al ronronear vibraban. Ahora las tenía quietas. Ni rastro de vida en sus bigotes. Ni rastro de vida en sus ojos. Ni rastro de vida en su cola. Me pregunté dónde habría ido a parar todo aquello.

El fuego de la garganta se me extendió a las mejillas. Pasé de tenerlas congeladas a tenerlas hirviendo en menos de una décima de segundo. Le acaricié a Roger la cabeza. Le dije que le quería. Que lo sentía. Él no maulló. Vi unas huellas de ruedas en la nieve. Hondas y cortas y en diagonal, en el punto donde alguien había pisado el freno a toda prisa y había derrapado sobre el asfalto.

Todo mi dolor se convirtió en indignación. Con un grito de rabia me levanté de un salto y les di de patadas a las huellas de ruedas. Las pisoteé. Escupí en ellas. Agarré la nieve con los dedos calientes y la lancé hacia el cielo. Caí de rodillas y les aticé a aquellas huellas de ruedas los puñetazos más fuertes que pude y mi puño chocó contra el asfalto y me alegré de que me doliera. Se me abrió la piel de los nudillos. Di otro golpe en el asfalto.

Si yo no hubiera ido al concurso de talentos, Roger todavía estaría vivo. Anoche debería haberme dado cuenta de que no estaba en la casa y haber ido a buscarlo y él habría venido hasta mí corriendo y se habría frotado todo él contra mis botas de goma y su pelo habría lanzado destellos a la luz de la luna. Pero yo estaba demasiado ocupado preocupándome por mamá para preocuparme por Roger.

Paré de dar golpes en el suelo. Me puse de pie con las rodillas temblando. Me acerqué a Roger y esta vez su cuerpo muerto no me dio miedo. Quería cogerlo en brazos. No quería dejarlo marchar nunca. Quería hacerle miles de caricias. Darle un millón de abrazos. Decirle todas las cosas que debería haberle dicho cuando él todavía podía oír mi voz. Lo levanté con mucho cuidado del suelo como si fuera una de esas cajas en las que pone SAGRADO. La cabeza se le caía hacia abajo pero yo se la levanté y me la apoyé en el hombro. Coloqué su cuerpo pegado al mío y le acaricié el pelo. Le froté la cabeza y lo acuné suavemente, como hacen las mujeres con los bebés.

Echaba de menos a mi gato. Lo echaba de menos tanto que el fuego de la garganta y el de las mejillas se me extendieron hasta los ojos haciendo que me ardieran también. Me empezaron a gotear. No a gotear. A llorar.

Lloré. Por primera vez en cinco años. Y mis lágrimas plateadas iban cayendo sobre el pelo naranja de Roger.

# 21

Me horrorizaba que estuviera tan frío. Roger había estado fuera demasiado tiempo. Me abrí la cremallera y me lo apoyé en la camiseta de Spiderman. Luego volví a cerrarme la cremallera para protegerlo de la ventisca y de la nieve que había empezado a caer. Su cabeza asomaba por el cuello de mi cazadora y se la besé con delicadeza. Sus bigotes me hicieron cosquillas en los labios.

Lo llevé a casa. Fui rodeando todas las partes donde había hielo en el asfalto para no resbalarme. A través de las lágrimas no lograba ver la casa pero llegué al camino y entré derecho al jardín de atrás. Ahora le iba hablando todo el rato a Roger, contándole lo de la audición, lo increíble que había estado Jas, cómo yo había entendido por primerísima vez la letra de la canción y cómo eso podría haberme transformado. Le conté que lo que yo quería era que mamá estuviera orgullosa y que por eso, por eso, lo había echado a él del salón. Le expliqué que le había cerrado la puerta porque estaba practicando, y que quería impresionar a mamá porque era un idiota y no me había dado cuenta de que aquello no tenía sentido hasta que ya era demasiado tarde. Susurré *Mamá es una mentirosa y me ha abandonado y no me va a volver a querer nunca haga yo lo que haga.* Me habría gustado que Roger ronroneara o maullara para que yo supiera que me había perdonado. Pero estaba mudo.

No sabía qué hacer con mi gato cuando llegué al estanque. No lo quería enterrar. Me imaginé su cuerpo bajo tierra, pudriéndose, y casi me pongo malo. Lo abracé con fuerza, deseando desesperadamente que pudiera quedarse tal como estaba, apretado contra mi pecho, llenándome de sangre la camiseta entera.

Pero sabía que tenía que hacer algo. Roger se merecía un funeral como está mandado. Pensé en mi hermana que estaba sobre la repisa de la chimenea. Sería agradable que mi gato estuviera también allí. Me imaginé una urna naranja con las cenizas de Roger dentro. Así podría seguir hablando con él y acariciarlo y abrazarlo siempre que quisiera. Y de repente lo comprendí. De repente lo pillé. Por qué Rose estaba en la urna de la repisa de la chimenea. Por qué a papá le costaba tanto esparcir sus cenizas en el mar. Por qué le ponía tarta en los cumpleaños, por qué le abrochaba el cinturón de seguridad y por qué colgaba un calcetín junto a la urna en Nochebuena. Le resultaba demasiado difícil desprenderse de ella. La quería demasiado para decirle adiós.

Me arrodillé y metí la cara entre el pelo de Roger y lloré hasta que no podía respirar. Me goteaba la nariz y me latía la cabeza y tenía la cara hinchada pero no podía parar. Oí que se abría una ventana detrás de mí. Oí a papá gritar *Jamie, métete dentro. Ahí fuera hace un frío que pela.* No me moví.

Si no podía tener a Roger, quería sus cenizas. Encontré dos ramitas y sujeté una con los pies y con la mano derecha froté contra ella la otra. Con la mano izquierda abrazaba a Roger y le cantaba al oído para que no oyera el ruido de los palos al frotarlos y no se asustara. Pero no funcionó. Hacía demasiada humedad para que las ramitas se prendieran.

Oí que la puerta de atrás se abría y me di la vuelta. Papá. *Hace un frío que pela* volvió a decir, pero entonces se detuvo. *Roger.*

Papá me ayudó a ponerme de pie y me dio el primer abrazo que yo recuerde. Fue fuerte y apretado y tranquilizador y hundí la cara en su pecho. Los hombros me temblaban y me costaba respirar y mis lágrimas le mojaron la camiseta. No me hizo *Chissst* ni me dijo *Tranquilízate* ni me preguntó *Qué te pasa.* Él sabía que era un dolor demasiado grande para decirlo con palabras.

Cuando ya no me quedaron más lágrimas, papá me dio unas palmaditas en la espalda y me abrió la cremallera de la cazadora. Yo no se lo impedí. Me cogió a Roger, con tacto con suavidad con delicadeza, y lo depositó en el suelo. Le tocó los párpados y se los cerró con cuidado. Las canicas desaparecieron. Parecía que Roger estaba dormido como un tronco.

*Espera un momento* dijo papá. Tenía la mirada triste pero apretó los labios y desapareció dentro de la casa. Al cabo de un minuto volvió trayendo una pala y una cosa pequeña que se encajó en el bolsillo. Yo empecé a decir *Vamos a incinerarlo* pero papá dijo *No podemos hacer fuego en la nieve.* Intenté coger a Roger, llevármelo de allí. No quería que mi gato estuviera enterrado en el suelo. Papá me agarró el brazo y dijo *Roger ya no está.* Asintió con la cabeza, convenciéndose a sí mismo de algo. Los ojos se le llenaron de lágrimas pero aspiró hondo y pestañeó para quitárselas. Volvió a asentir como si acabara de tomar una decisión difícil. Empezó a cavar. Dijo *Lo que quiera que hubiera ahí ha desaparecido*. Le apretaba la voz una tristeza que yo creí comprender.

Tardó mucho tiempo. La tierra estaba dura. Mientras papá trabajaba, no paré de acariciarle la cabeza a Roger, diciéndole una y otra vez que le quería. Se me volvieron a llenar los ojos de lágrimas y me corrían por la cara. Deseé que el agujero no llegara a ser lo bastante hondo. Deseé que papá no terminara nunca. No me sentía preparado para despedirme. En algún momento apareció Jas. No la había oído llegar. Un instante no estaba y al siguiente estaba agachada a mi lado, llorando sin ruido, acariciándole a Roger el pelo ensangrentado. Ella tenía otra vez el pelo rosa. Se lo había vuelto a teñir.

Papá terminó demasiado pronto. *Ya está* dijo. *Estás preparado*. Dije que no con la cabeza. *Lo vamos a hacer juntos* murmuró papá y se sacó la cosa pequeña del bolsillo. La urna dorada. *Lo vamos a hacer juntos*.

A veces la señora Farmer decía que hacía demasiado frío para llover y así mismo tenía papá la cara. Demasiado triste para llorar. Se acercó al estanque. Jas se puso de pie y cruzó los brazos, abrazándose el cuerpo. Yo cogí en brazos a Roger. Papá abrió la urna. El sol brilló más fuerte que en todo lo que llevábamos de día. La luz se reflejó en la urna dorada, haciéndola soltar destellos.

Di un paso hacia el agujero. Papá se echó un poco de Rose en la mano. No. No de Rose. Rose no estaba allí. Papá se echó un poco de cenizas en la mano. Deposité a Roger dentro de la tumba. Papá aspiró hondo. Yo aspiré más hondo aún. Todo se quedó parado durante unos segundos. Un pájaro cantó y el viento agitó los árboles pelados. Papá soltó las cenizas. No les dijo adiós. Esta vez no lo necesitaba. Rose se había ido hacía mucho tiempo.

Las primeras cenizas cayeron revoloteando al estanque, mezclándose con la nieve que caía del cielo. Aterrizaron encima del agua y se hundieron. Vi a mi pez nadando junto al nenúfar. Agarré la pala y recogí un poco de barro. Me sudaban las manos sobre el mango de metal. Sostuve la pala encima del agujero pero no era capaz de volcarla dentro. No era capaz de echarle el barro encima a mi gato. *Roger ya no está* me dije a mí mismo. *Se ha ido. Eso no es él. Lo que quiera que hubiera ahí ha desaparecido.* No sirvió de absolutamente nada. Lo único que veía era la nariz negra de Roger y los bigotes plateados de Roger y la larga cola de Roger y me dieron ganas de sacarlo de la tumba. Todavía no me sentía preparado para aceptar que estaba muerto.

Papá volvió a inclinar la urna. Más cenizas cayeron en su mano. Apretó con fuerza los dientes y la volvió hacia abajo. Las cenizas de Rose cayeron al estanque. Si papá podía hacerlo, yo también. Eché el barro dentro de la tumba.

No podía mirar a Roger. No podía ver cómo desaparecía su cuerpo bajo la tierra. Susurré *Te quiero* y *Tú siempre serás mi mejor gato* y *Te voy a echar de menos* y luego empujé todo el barro hacia la tumba lo más rápido que pude. No esperé a ver lo que estaba haciendo papá. Sabía que si me paraba aunque fuera una décima de segundo luego no iba a ser capaz de continuar.

Aplané con la mano la superficie de la tumba para que quedara toda lisa y llana. Después tiré la pala al suelo como si estuviera infectada o algo así. No me podía creer lo que acababa de hacer. Me puse enfermo de pensarlo, enfermo del mundo, enfermo de la tripa y del corazón y de la cabeza. Jas me pasó el brazo por los hombros y me tuvo cogido mientras yo lloraba. Roger ya no estaba. No lo iba a volver a ver nunca. Eso daba demasiado miedo pensarlo así que me sequé las lágrimas de los ojos y me forcé a mirar a papá. Seguía junto al estanque, esparciendo todavía las cenizas de Rose en el agua. Mota a mota.

Me acerqué a él, tirando de la mano de Jas. Nos pusimos uno a cada lado de papá y contemplamos cómo iban cayendo las cenizas. Mi pez nadaba haciendo un bonito dibujo, meneando alegremente la cola, y algunas de las cenizas aterrizaron en su piel anaranjada y se pegaron a sus escamas brillantes.

Ahora quedaba solo un puñado de cenizas. Papá se echó el último montoncito en la mano. Levantó la urna y miró dentro, asombrado de que no quedara nada. Le temblaban las manos.

*No* dije de pronto. *No lo hagas.* Los dedos de papá se cerraron alrededor de las últimas cenizas. *Qué* dijo respirando con dificultad, con la cara más blanca que toda la nieve que nos rodeaba. *No lo hagas* repetí. *Quédate con ésas.* Papá sacudió la cabeza. *Rose ya no está* dijo con dificultad. Levantó en alto las cenizas. *Esto no es ella.* Paré de llorar. *Ya lo sé* dije. *Pero lo fue. Fue parte de su cuerpo. Deberías guardarlas. Sólo unas pocas.* Papá me miró y yo le miré a él y algo grande pasó vibrando entre nuestros ojos. Dejó caer aquellas últimas cenizas en la urna dorada.

Nos estábamos congelando, así que nos metimos en casa. Papá desapareció dos minutos en el piso de arriba y Jas hizo tres tazas de té. Mientras nos las tomábamos en el salón no hablamos. La repisa de la chimenea parecía vacía sin la urna. Me di cuenta de que papá la debía de haber puesto en su cuarto. Para tenerla fuera de la vista, pero tenerla, por si la necesita, y la va a necesitar en los días más tristes como el 9 de septiembre. Yo sé que no me voy a olvidar de que Roger murió el 6 de enero en lo que me quede de vida, aunque tenga un millón de animales, porque ninguno podrá compararse nunca con mi gato.

Cuando nos terminamos el té, nos quedamos como mirándonos unos a otros. Esa mañana nos había ocurrido algo importante. Todo estaba diferente. Y por más que me doliera la tripa y me doliera el corazón y me doliera la garganta y no pararan de caerme las lágrimas, yo sabía que no todo en aquel cambio había sido malo. Que también había ocurrido algo bueno.

Jas seguía sin comer. Papá seguía bebiendo. Pero estuvimos juntos todo el día. En el salón. Sin hablar del todo, pero sin querer irnos cada uno a nuestro cuarto. Vimos una película. Jas me preguntó si quería que viéramos *Spiderman* pero le dije *No* así que puso una peli de risa. No nos reímos, pero en los mejores golpes sonreíamos. Y papá le dijo a Jas *Me gusta ese pelo* y cuando ella le dijo *Gracias* añadió *Deberías dejártelo rosa.* Y cuando llegó la hora de irse a la cama y el cielo estaba lleno de estrellas como cientos de ojos de gatos en un camino oscuro, papá me dio el segundo abrazo de mi vida. Fue fuerte y apretado y tranquilizador como el primero. Y cuando me tumbé en mi cama debajo de mi edredón, echando de menos a Roger, deseando que estuviera en el alféizar en lugar de bajo tierra, papá entró en mi cuarto con una taza de chocolate caliente. Me la puso en las manos y el humo me acarició la cara. Esta vez el polvo de cacao sí que estaba bien revuelto.

## 22

Las clases volvieron a empezar al día siguiente. Yo seguía esperando que Roger viniera a frotarse contra mis espinillas al levantarme de la cama, o que saltara a mi regazo cuando me estaba comiendo los Chocopops, o que me enroscara la cola en los tobillos mientras me lavaba los dientes. Sin él la casa parecía vacía. Sin él yo me sentía vacío.

Papá se levantó de la cama a tiempo para llevarnos al colegio. Estaba un poco resacoso, pero eso no importaba en absoluto. Papá no es perfecto. Y yo tampoco. Él se está esforzando, y eso es lo que de verdad importa. No es que siempre lo haya hecho bien, pero lo ha hecho un millón de veces mejor que mamá. Él no nos ha abandonado. Sólo está triste por lo de Rose y eso es lógico. Que te maten un gato ya es bastante malo. Que te vuelen en pedazos a una hija tiene que ser horroroso.

Cuando nos detuvimos a la puerta del colegio papá vio en la calle a Sunya. Yo le estaba viendo a él la cara por el retrovisor. Apretó la mandíbula, pero no se puso a gritar *Los musulmanes mataron a mi hija* ni nada parecido. Ni siquiera me advirtió que me mantuviera apartado de ella. Lo único que dijo fue que no iba a llegar a casa hasta las seis de la tarde por el trabajo. Jas le dio un apretón en el brazo y papá sonrió con cara de orgullo y luego me dijo *Que lo pases bien. Estás sacando unas notas estupendas, así que sigue así.*

Entré en el colegio. Todavía llevaba puesta la camiseta de Spiderman, pero no por mamá porque ella no me la había mandado. La tela se había empapado de la sangre de Roger y por eso no quería quitármela. Sé que debía de parecer un asesino o algo así, pero me daba igual. Quería seguir cerca de mi gato.

*Aquí viene el mariposón*, gritó Daniel por el pasillo. Se había puesto a la puerta de la clase con Ryan. Me dieron miedo pero no quería ponerme rojo ni echarme a temblar ni salir corriendo. Fui hacia ellos. *El mariposón con su penosa camiseta de Spiderman.* Soltaron unas risitas y chocaron en alto esas cinco. Yo aproveché para pasar por debajo. Daniel me dio una patada por detrás en la pierna y me hizo daño y me dieron ganas de pegarle un puñetazo en la cara, pero no me apetecía llevarme otra paliza. Daniel sonrió satisfecho como si él hubiera ganado y yo me acordé de aquel tenista que siempre queda segundo en Wimbledon y no sé por qué eso me puso furioso. El corazón me rugía en el pecho como un perro rabioso.

*Menudo pringao* gritó Daniel para que le oyera toda la clase. Me senté al lado de Sunya y esperé a ver si ella lo fulminaba con la mirada o le respondía algo. Se encogió en su silla como si estuviera tratando de esconderse. Ni siquiera miró hacia mí. Yo quería preguntarle si había leído mi tarjeta especial. Quería preguntarle si había visto el muñeco de nieve que se parecía a ella y el que se parecía a mí y si se había reído. Quería preguntarle por qué no había venido al concurso de talentos, y quería contarle todo lo que había pasado allí, lo estupenda que había estado Jas y el valor que yo le había echado para cantar y bailar en el escenario. Pero luego me acordé de aquella noche en su jardín y de que había dicho *Mi madre piensa que no traes nada bueno*. Así que no le dije nada de todo aquello. Me quedé contemplando mi estuche mientras la señora Farmer pasaba lista.

Primero tuvimos Literatura y nos hicieron escribir sobre Nuestras Fabulosas Navidades intentando agrupar las frases en párrafos. No había ocurrido nada fabuloso pero yo no quería mentir. Así que dije la verdad. Escribí sobre el calcetín de fútbol lleno de todas las cosas que me había comprado Jas. Hablé de los sándwiches de pollo y las patatas fritas de microondas y los bombones que habíamos cenado. Expliqué que la mejor parte había sido cuando nos pusimos a cantar villancicos a grito pelado. Al final escribí *Tampoco es que hayan sido exactamente unas Navidades fabulosas pero han estado bien porque Jas estaba conmigo*. Era lo mejor que había escrito hasta entonces. Cuando la leí en voz alta, la señora Farmer dijo *Has hecho un trabajo excelente* y mi mariquita dio un salto hasta la hoja número uno. Durante las vacaciones habían reemplazado a los ángeles.

Después de Literatura tuvimos Matemáticas y después de Matemáticas había Asamblea. El Director nos dijo que los inspectores de la Ofsted le habían puesto al colegio una nota que era Satisfactorio, y que eso significaba que lo estábamos haciendo bien, pero tampoco para tirar cohetes. Dijo que nos habrían puesto un Notable si no llega a ser por Un Incidente que había disgustado a uno de los inspectores. La señora Farmer miró a Daniel y sacudió la cabeza. Daniel abrió un palmo de boca. Un destello me dio en los ojos. Levanté la vista. Mis ojos se cruzaron con los de Sunya y por una décima de segundo creí que se le iba a escapar la risa. Pero se dio la vuelta y se puso a asentir con la cabeza como si de verdad estuviera escuchando lo que estaba diciendo el Director de los Propósitos para el Año Nuevo. Decía *Apuntad alto este año y daos una oportunidad a vosotros mismos. No os pongáis una meta aburrida como voy a dejar de morderme las uñas o voy a dejar de chuparme el dedo.* Todo el mundo se echó a reír. El Director sonrió y esperó a que hubiera silencio. *Buscad un objetivo que os emocione. Que os dé hasta un poco de vértigo.* Inmediatamente supe cuál iba a ser el mío.

A la hora del recreo no conseguí encontrar a Sunya. La esperé en nuestro banco y estuve mirando por el patio y me metí por la puerta secreta, pero en el almacén tampoco estaba. Debía de haberse quedado en los lavabos para esconderse de Daniel porque le tenía miedo. El perro de mi pecho gruñó más fuerte que nunca. Volvimos todos dentro y tuvimos Historia y Geografía, pero yo no me podía concentrar. Seguía intentando echarle el ojo al estuche de Sunya para ver si tenía dentro el anillo de Blue-Tack. Yo llevaba el mío puesto y di unos golpecitos con la piedra blanca en la mesa para ver si atraía su atención. Sunya no levantó la vista de sus libros.

A la hora de comer no salí corriendo al patio porque me horroriza quedarme ahí solo. Echaba demasiado de menos a Roger para comerme los sándwiches así que me fui al cuarto de baño y me puse a jugar a eso de que el secamanos era un monstruo que escupía fuego. Yo aguantaba y aguantaba y era el más duro y ni siquiera gritaba cuando las llamas me quemaban toda la piel y me dejaban los huesos negros.

Oí una voz fuera. No en el juego sino en la vida real. Era un grito. Era desagradable. Y las palabras que decía eran *Virus del Curry*. Atisbé por la ventana. Daniel estaba persiguiendo a Sunya, gritándole cosas a la espalda mientras ella intentaba marcharse. Iba con Ryan y Maisie y Alexandra y ellos se reían y le animaban. Gritó *Hueles mal* y *Te canta el aliento a curry* y *Por qué llevas esa cosa estúpida en la cabeza*. Le tocó el hiyab. Más aún, trató de quitárselo de un tirón. Fue entonces cuando mi corazón rugió. Más alto que un perro. Más alto que el monstruo que escupía fuego del cuarto de baño. Más alto, incluso, que el león de estrellas del cielo.

El sonido vibraba en mi cabeza y en mis manos y en mis piernas. Ni siquiera me di cuenta de que me había puesto a correr hasta que la puerta chocó contra la pared de baldosas y yo había salido ya de los lavabos y estaba por la mitad del pasillo. Volé hacia fuera y grité *Déjala en paz*. Todo el mundo se echó a reír. Me dio lo mismo. Miré hacia un lado y luego hacia el otro buscando a Sunya. La descubrí en mitad del patio, agarrada a su hiyab, tratando de impedir que Daniel le enseñara su secreto al colegio entero.

*DÉJALA EN PAZ.*

Daniel giró en redondo. Me vio y sus labios se estiraron en una sonrisa antipática. *Ven aquí a salvar al Virus del Curry* dijo. Se remangó para pelear. Ryan puso cara de matón. Paré derrapando y esperé a que mi boca dijera *Aquí vengo a salvarla* o *Apártate de mi camino* o cualquier otra cosa que sonara a valiente. No me salió nada. Esperé a que mis piernas me respondieran para poder darle una patada a Daniel, pero las tenía paralizadas. Se iban juntando niños y más niños en círculo alrededor de nosotros, todos con los ojos puestos en mí.

*Eres un pringao* dijo Daniel y todos los demás dijeron cosas como *Pues sí* y *Qué tío más gay.* Y tenían razón. Di un paso hacia atrás. No me apetecía que me partieran la cara. Me había dolido demasiado la última vez. Daniel se volvió hacia Sunya. Le agarró el hiyab con sus gordos dedos. Sunya se puso a llorar. La multitud coreó *Fuera fuera fuera fuera.*

Eso me hizo acordarme de una cosa. De cuando estábamos en el escenario. Del público del concurso de talentos.

Yo ya no estaba en el patio. Estaba en el teatro, contemplando a Jas. Y aquellas palabras, las palabras de su canción, retumbaron como truenos por mis venas.

Volvió el patio a todo color y a todo volumen. A Sunya se le escapaban las lágrimas. Tenía ya el hiyab medio quitado. La multitud animaba. Daniel se reía. Y yo le estaba dejando.

*NO.*

Lo grité con todas mis fuerzas. Lo chillé. *NO.* Daniel se dio la vuelta sorprendido. Eché el puño hacia atrás. Daniel se quedó boquiabierto. Me lancé contra él con toda la rabia que había sentido en mi vida. Los ojos se le pusieron redondos de miedo. Y cuando le di con los nudillos en la nariz, Daniel se cayó al suelo. Le pegué otra vez, más fuerte aún, con el puño en la mejilla. Sunya levantó los ojos. Me contempló estupefacta. Le di a Daniel tres patadas y cada vez que mi pie caía sobre sus huesos dije una palabra distinta. *DÉJALA. EN. PAZ.*

Ryan salió corriendo. La multitud retrocedió. Tenían miedo. Daniel estaba tirado en el suelo con las manos por la cara. Estaba llorando. Podría haberle dado otra patada. Podría haberlo pisoteado, o haberle clavado el codo, o haberle dado un golpe en el estómago. Pero no quise. No lo necesitaba. Acababa de ganar mi propio Wimbledon. La señora gorda del comedor tocó el silbato.

## 23

La señora Farmer me mandó al Director pero valió la pena y sólo me perdí un poco de Historia. Cuando llegó la hora de irse a casa, fui a coger mi abrigo y cuatro personas me dijeron *Adiós*. Antes nunca me habían dirigido la palabra. Yo dije *Adiós* y ellos me dijeron *Hasta mañana* y un niño me preguntó *Vas a venir mañana al entrenamiento de fútbol*. Asentí con la cabeza a toda velocidad. *Pues claro* respondí y él dijo *Me alegro*. Daniel oyó todo eso pero se quedó callado. Ni siquiera se atrevía a mirarme. Ya no le sangraba la nariz pero la tenía hinchada. Y tenía los mofletes rojos de haberse pasado toda la tarde llorando. Le habían caído lágrimas por todos los problemas de fracciones, emborronándole las respuestas.

Yo en Matemáticas no había respondido más que cuatro preguntas. Me sentía ligero y efervescente, como si me corriera gaseosa por las venas, y los pensamientos saltaban y burbujeaban en mi cerebro. La pierna no paraba de movérseme y rocé con ella a Sunya cinco veces en una hora. Tres veces sin querer. Dos aposta. Ella no dijo *Para*, ni *Tu pierna no trae nada bueno*, ni nada por el estilo. Se quedó con la vista fija en las fracciones mordiendo la tapa del bolígrafo y me dio la sensación de que se estaba aguantando una sonrisa.

Salí del colegio y el cielo estaba turquesa y el sol enorme y dorado. Parecía una pelota de playa inmensa flotando en un mar de un azul perfecto. Tuve la esperanza de que aquel sol fuera lo bastante fuerte para llegar hasta debajo de la tierra. Esperaba que Roger sintiera en su cuerpo el calorcito. Esperaba que no tuviera miedo ni se sintiera solo en su tumba. Entonces me dio un dolor agudo en el pecho, como cuando te indigestas porque has comido demasiados trozos de pizza en uno de esos sitios tipo bufé. Me apoyé en un muro y me puse la mano en el corazón y esperé a que se me pasara. Fue disminuyendo hasta quedarse en un dolor apagado, pero no se me quitó.

Oí pasos y un tintineo de metal. Al volver la cara vi a Sunya que corría hacia mí. *Conque te vas sin decir adiós* dijo apoyando las manos en las caderas. Allí estaba otra vez la chispa y más brillante que nunca. Su hiyab era de un amarillo vivo y sus dientes eran de un blanco deslumbrante y sus ojos resplandecían con la fuerza de un millón de soles. Trepó a la valla y se sentó cerca de mí y cruzó las piernas y yo me quedé mirándola como si fuera un bonito paisaje, o un buen cuadro, o un mural interesante expuesto en la pared de la clase. La peca de encima de su labio empezó a saltar, porque ella estaba hablando. *Conque te vas sin dejarme que te dé las gracias.* Me mordí las mejillas por dentro para no sonreír. *Gracias* le pregunté como si no tuviera ni idea de de qué me estaba hablando. *Por qué.* Ella se inclinó hacia delante y apoyó la barbilla en la mano. Fue entonces cuando vi el fino círculo azul que rodeaba su dedo corazón.

Si la envidia es roja y la duda es negra, la felicidad tiene que ser marrón. Mis ojos fueron de la pequeña piedra marrón a la minúscula peca marrón y de ahí a sus enormes ojos marrones. *Por salvarme* dijo mientras yo trataba de hacer como si nada. *Por partirle la cara a Daniel.* Se había puesto el anillo de Blue-Tack. Se lo había puesto. Sunya era mi amiga. *No ha sido nada* dije. *Ha sido impresionante* respondió Sunya y se echó a reír. Y a Sunya lo que le pasa es que una vez que empieza no puede parar, y su risa es contagiosa. *No me des las gracias a mí, Chica M* dije con los costados doliéndome y una sonrisa más grande que un plátano. *Dáselas a Spiderman.* Sunya me puso la mano en el hombro y paró de reírse. *Tú eres mejor que Spiderman* me susurró al oído.

Hacía demasiado calor y no había aire suficiente. Me puse a mirar cómo se derretía la nieve en el suelo y de pronto era que te mueres de interesante y Muy Importante patearla y repatearla con los pies un montón de veces. *Te acompaño por el camino* dijo Sunya. Se puso de pie sobre la valla y dio un salto altísimo y aterrizó a mi lado. *Tu madre* dije mirando a nuestro alrededor no fuera a ser que nos estuviera vigilando. *Ha dicho que yo no traigo nada bueno.* Sunya se enganchó de mi brazo y me echó una sonrisa. *Las madres y los padres no se enteran de nada.*

Por el camino le conté a Sunya lo de Roger. *Cómo lo siento* dijo. *Con lo buen gato que era.* Ella no había llegado a conocerlo pero daba igual. Roger era buen gato. El mejor gato. Eso lo sabía todo el mundo. Nos cruzamos con el viejo de la gorra plana. Fred movió la cola y me lamió la mano. Me dejó un rastro de saliva pegajosa pero no me importó. *Estás bien, chaval* preguntó

224

el hombre, aspirando de su pipa. El humo olía como la mismísima Noche de las Hogueras. *Cómo te sientes.* Me encogí de hombros. *Te entiendo* respondió muy serio el viejo. *El año pasado perdí a mi perro Pip y todavía no se me ha pasado. Hace cuatro meses que tengo a este golfillo* continuó, señalando a Fred. *No veas la guerra que me da.* Fred se puso de pie y me apoyó las patas en la tripa. *Pero parece que tú le caes bien* dijo el viejo, rascándose la cabeza con la punta de la pipa para pensar. *Se me ocurre una idea. Por qué no pasas a echarme una mano con el cachorro. Podrías ayudarme a sacarlo de paseo.* Le acaricié a Fred las orejas grises. *Eso sería lo mejor del mundo* dije y el viejo sonrió. *Bien. Bien. Vivo en esa casa de ahí.* Señaló hacia un edificio blanco que había a unos cuantos metros. *Que no se te olvide pedirle permiso a tu madre. No tengo una madre como dios manda* respondí. *Pero se lo preguntaré a mi padre.* El viejo me dio unas palmaditas en la cabeza. *Hazlo, chaval* dijo. *Abajo, Fred.* Fred no le hizo ni caso así que le agarré las patas y lo empujé con suavidad. Tenía las zarpas gordas y llenas de barro. El viejo enganchó una correa al collar de Fred y se fue renqueando por la calle abajo, agitando la pipa para decir adiós. *Vendré yo también* dijo Sunya mientras seguíamos andando. *Me traeré a Sammy y correremos aventuras.*

Paramos en una tienda. Sunya quería comprar algo para Roger. Como sólo tenía cincuenta peniques, compró una flor roja pequeña. Cuando estaba pagando vi en el mostrador una cosa de peluche marrón. Tuve una idea. Saqué mi dinero de cumpleaños de la abuela.

El camino de nuestra casa estaba vacío. El coche de papá no estaba. Yo debería haberme sentido culpable por llevar por allí a una musulmana cuando él estaba en la obra trabajando. Pero no me sentía culpable. A la madre de Sunya no le gusto yo. A papá no le gusta Sunya. Pero que ellos sean adultos no significa que vayan a tener siempre razón.

*Aquí es donde está enterrado Roger* dije señalando a un rectángulo de barro fresco que había en el jardín de atrás. *Justo ahí debajo.* Sunya se arrodilló y tocó la tumba. *Era un encanto de gato.* Yo me acuclillé. *El más encantador del mundo* respondí. Estiró la mano y se miró el anillo del dedo corazón. *Hay una cosa que no sabes* dijo en ese tono bajo que me ponía la carne de gallina. *Sobre los anillos.* Me quedé mirando la pequeña piedra marrón. *Qué* pregunté. *Qué les pasa.* Sunya miró alrededor por el jardín para comprobar que no había nadie escuchando, luego me agarró de la camiseta y tiró de mí. *Pueden hacer que las cosas revivan* susurró. No dije nada aunque tenía un millón de preguntas. *Pero sólo por la noche. Si ponemos las dos piedras juntas encima de la tumba de Roger, cuando el reloj dé las doce, él tendrá el poder de salir de debajo de la tierra y ponerse a cazar ratones y a jugar en el jardín.* Yo empecé a sonreír. *Y vendrá a verme a mí* le pregunté. *Pues claro* dijo Sunya. *Eso es parte de la magia. Saltará a través de tu ventana y se tumbará a tu lado y ronroneará. Estará todo calentito y peludo pero desaparecerá en cuanto te despiertes. Se volverá a su cama de debajo de la tierra y se pasará el día entero durmiendo para tener un montón de energía para la próxima aventura de medianoche.*

No era verdad pero daba lo mismo. Me hacía sentirme mejor. Sunya se quitó su anillo de Blue-Tack y me sacó a mí el mío del dedo. Luego apretó la piedra blanca contra la piedra marrón mientras yo cavaba un pequeño agujero en la tumba. Besó los anillos y luego yo los besé también y los echamos sobre la tumba. Los cubrimos de barro y nieve y nuestros dedos se tocaron cuatro veces. Sunya colocó encima de todo la flor roja. *Ahora Roger es un gato mágico* dijo y el dolor del pecho se me quitó un poco.

Alguien dio unos golpecitos en la ventana. Me puse de pie de un salto para tapar a Sunya, temiendo que fuera papá, pero no era más que Jas, que había vuelto a casa del colegio. Al lado de su cabeza rosa había otra de un verde fuerte. Jas sonrió con cara de felicidad y saludó con la mano a Sunya, que se había asomado por detrás de mis piernas y le devolvió el saludo. Jas agarró a Leo de la mano y tiró de él hacia el salón, besándolo en los labios antes de desaparecer por la puerta.

El jardín me pareció de pronto demasiado pequeño. No había ningún sitio al que mirar y me sentía los brazos torpes y estaba muy pendiente del cuerpo de Sunya junto a mis piernas. *Me tengo que ir* dijo ella poniéndose de pie pero sin mirarme a los ojos. Tenía las rodillas y las manos empapadas. *Como llegue tarde, mi madre me mata.*

Habían pasado tantas cosas ese día que se me hacía raro decirle adiós. Yo no quería que se fuera. Sunya se secó los dedos en los leotardos y me tendió la mano. *Amigos para siempre* preguntó con la voz un poco más aguda de lo normal. *Amigos para siempre* respondí. Nos dimos la mano deprisa, mi palma caliente contra la suya. Al soltarnos nos miramos el uno al otro de refilón y luego apartamos la vista.

Yo me concentré en un petirrojo que se había posado en una rama. El pecho lo tenía rojo y las alas marrones y el pico lo tenía abierto y estaba cantando como si...

*Jamie.*

Pegué un brinco. Sunya sonrió. Subió las manos hasta la cabeza. Sus dedos morenos se curvaron sobre la tela amarilla.

Se fue bajando el hiyab.

La frente.

El pelo.

Pelo liso y brillante desde la cabeza hasta los hombros en una cortina negra de seda.

Ella pestañeó con timidez. Yo me acerqué. Sin el velo estaba todavía más guapa. Miré a Sunya, la miré de verdad, intentando retenerlo todo. Entonces me eché muy rápido hacia delante y le besé la peca, y fue emocionante y me dio vértigo, exactamente como había dicho el Director que debían ser nuestros propósitos.

Sunya dio un respingo y salió corriendo, su pelo perfecto meciéndose al viento. *Nos vemos mañana* me gritó por encima del hombro, mirando hacia atrás una última vez. Yo estaba preocupado por si la había asustado pero ella se tocó la peca y puso una gran sonrisa y me lanzó a la cara un beso. Los ojos le brillaban más que diamantes y me sentí el chico más afortunado y más rico del planeta.

Entré en casa y subí las escaleras y me puse delante del espejo. La camiseta de Spiderman se me había quedado pequeña. Me la quité y la tiré al suelo y volví a mirar mi reflejo. El superhéroe había desaparecido. En su lugar había un niño. En su lugar estaba Jamie Matthews. Me pegué una ducha y me puse un pijama.

Papá llegó a casa a las seis. Hizo tostadas con alubias en salsa de tomate. Cenamos enfrente de la tele y nos preguntó qué tal nos había ido el día. Yo dije *Estupendo* y Jas respondió *Bien*. Ella no dijo nada de Sunya y yo no dije nada de Leo. Era agradable tener un secreto. Jas no le dio más que un par de mordiscos a la tostada y papá se tomó tres cervezas. Si los de la Ofsted vinieran a inspeccionar mi familia yo sé la nota que nos pondrían. Satisfactorio. Bien, pero tampoco para tirar cohetes. Pero a mí con eso me vale.

Mucho más tarde, fui al cuarto de Jas con una cosa escondida a la espalda. Estaba pintándose las uñas de negro y oyendo música. Con un montón de guitarras y chillidos y gritos. *Qué quieres* me dijo, sacudiendo las manos para que se le secaran las uñas. *Fuiste tú quien me mandó la camiseta, verdad* le pregunté. Paró de mover las manos y puso cara de preocupación. *No pasa nada* le dije. *No me importa.* Se sopló en los dedos. *Pues sí. Lo siento. No quería que pensaras que mamá se había olvidado.* Me senté en su cama. *Fue un regalo estupendo.* Jas hundió el pincel en el frasco negro. *No te importa que no fuera de mamá* me preguntó mientras se pintaba el dedo meñique. *Me gusta más aún que me la hayas regalado tú* respondí. *Te he traído esto.* Le tendí el osito de peluche marrón. *Para reemplazar a Burt. Porque fui yo quien le sacó los ojos y eso.*

Jas se puso al nuevo Burt en el regazo, con cuidado de que el peluche no se le manchara de pintura. Me estiré desde el colchón hasta el equipo de música y la paré. *Quiero decirte una cosa* dije. *Una cosa importante.* Jas le acarició a Burt el pelo. *Sabes la canción que cantaste en el concurso.* Ella asintió despacio. *Eso es exactamente lo que yo siento contigo.* A Jas se le saltaron las lágrimas. Aquella pintura de uñas debía de ser fortísima para hacer que le lloraran los ojos. *Tu fuerza me da valor para volar* canté malamente y Jas me dio un codazo en las costillas. *Fuera de mi cuarto, enano cursi* dijo. Pero estaba sonriendo.

Y yo también.

# Agradecimientos

Esta novela se puso en marcha con una sencilla idea y unos pocos apuntes en un cuaderno. Sin la ayuda de algunas personas importantes, nunca se habría convertido en el libro que tienes en tus manos.

Gracias a Jackie Head, que sacó *Mi hermana vive sobre la repisa de la chimenea* del montón de originales de autor desconocido y con una llamada de teléfono me cambió un día la vida. Mi más caluroso agradecimiento para mi agente, Catherine Clarke, por orientarme con tanta sabiduría e inteligencia. A todo el equipo de Orion, gracias por hacer un trabajo tan estupendo y por lograr que tanta gente se emocionara con mi libro. Y gracias especialmente a mi editora, Fiona Kennedy, por tratar el manuscrito con tanta comprensión y tanto respeto al tiempo que ponía de relieve lo mejor que había en mi historia.

Por encima de todo, gracias a mi familia y a mis amigos, que estaban antes del libro y seguirán estando mucho después de él. Me siento particularmente en deuda con mi hermano y mis hermanas, con mi padre y mi madre y con mi maravilloso marido. Tú, como Sunya, haces que la vida brille.

**Annabel Pitcher**
West Yorkshire
Julio de 2010

## Últimos títulos publicados